P008~『トーキョー・ハイスクール』より
「だいぶイメチェンっすね～。
結構明る　色ですけど、
丈夫っすか？」
「校則も読み込んで
全然大丈夫なことは確認済み
なので問題ないです！」
JN083050

「――なにしてるの？」
急に声が上から降ってきて
朗真は肩を跳ね上げた。
P076~『サマー・エンカウンター』より

P140~『チボリ・オケージョン』より
怖さがすーっと薄れていく。
あの時と、同じ気持ちでいいんだ。

P216~『アフター・ザ・ドロップ』より

グッバイ、ドン・グリーズ!
オフショット

庵田定夏
原作：Goodbye,DonGlees Project

MF文庫J

口絵・本文イラスト●青十紅

グッバイ、ドン・グリーズ！

Goodbye, DonGlees オフショット

『トーキョー・ハイスクール』

一

都会の匂いがする。

家の外に出る度に御手洗（みたらい）北斗（ほくと）はそう感じる。

コンクリートの壁と、アスファルトの地面と、排ガスと、人が織りなす生活から生まれる、独特な匂い。

決していい匂いじゃない。

本来なら土とか水とか樹木とかのある、そういう自然豊かな土地が持つ、澄み切った空気こそもてはやされるのものだ。

でも北斗は、駅前の繁華街に近づくほど濃くなるその匂いが嫌いではなかった。

人が住むべき場所、という感じがするのだ。

北斗が中学まで住んでいた町は、夏になれば人よりもセミの方が多い山の中にある。そこでは自然を間借りしているような居心地の悪さが常につきまとっていた。

だがそれはもはや過去の話。

たまの上京にはしゃぐお上り男すらも、今や飛び越えてしまった。

東京二十三区住まい。

今日から通う高校は東京駅からわずか数駅。

都会の、いや日本のど真ん中を行く自分は、紛れもなくトーキョー・シティ・ボーイ。

高校入学初日の朝。

北斗は真新しい制服に身を包み、東京で働く企業戦士たちと共に黄色いラインカラーの電車に乗り込んだ。


——満員御礼すし詰め状態の電車から、北斗は吐き出された。

（こ、これが噂の死の通勤ラッシュ……！）

駅のホームに降り立ったあと、進みたい方向に歩かせてもらえない。

人の流れに飲まれ、目指すべき改札口の逆側へと運ばれていく。

（ちょっと……待って……抜けまーす！　出まーす！）

北斗の心の叫びは誰にも届かない。

結局エスカレーターで下に降りたところで、やっと柱に体をへばりつけ、人の濁流から脱出した。

正直、舐めていた。

休日に下見した時はここまでじゃなかったのに。

姉には、平日の通勤時間帯も事前に乗っておけと言われていたっけ……。くっそ、毎朝これは……。

いや、違うな。北斗は制服のほこりを払いながら思う。

これが東京だ。

この程度で動じてなんていられない。

満員電車など簡単に乗りこなしてこそ、真のトーキョー・シティ・ボーイだ。

北斗はスマホを見ながら髪型を整える。

メガネが汚れていたのでハンカチで拭き上げる。

さあ、もうどこに同級生がいてもおかしくないんだ。

田舎者だと笑われるわけにはいかない。

スマートな歩き方を意識して、北斗は一歩前へ――。

(……でもその前にっ!)

踏み出す前にくるっと進行方向を九十度変える。

青い人型のシンボルマークを目指し、脇腹を押さえながら足早に移動を開始する。

(急に便意が……!)

こんなこともあろうかと早めに家を出てよかった。

ちなみに個室は想像以上に綺麗（きれい）だった。

やるな、東京。


真っ白な壁の本校舎は、空高く伸びる五階建て。

中に入れば、ホテルのロビーを思わせる広々としたエントランス。

校舎内はまだ真新しく、凝った造りをしている。田舎の古めかしい校舎との違いに、自然と北斗の背筋も伸びる。

高校に入学して、初めての登校日。

式典を経て、教室で最初のロングホームルームの時間を迎える。

北斗は廊下側先頭の席で、神経を尖（とが）らせ続けていた。

担任から高校生になる心構えや諸注意が続く。

そのあとやってきた自己紹介タイムは、準備した甲斐（かい）もあり、極端に目立ちはしなかったが滑らずに乗り切った。

さらに物品、プリントの配布などなどが続く。

その一つ一つを、北斗は周囲の様子を観察しながらこなしていた。

(東京の学校だから、違いがあるかもって思ってたけど……)

今のところ特殊な東京ルールの発見にはいたっていない。

浮いて、笑いものになるのは避けたかったので、まずほっと一安心する。

それよりも、少しだけ気にかかるのは。

「塾一緒なのに絡む機会少なかったよなー」「おー、あらためてよろしくな」

「隣のクラスに真紀(まき)いるじゃん？　わたし結構仲よくて」「そのイメージあるなー。ね、あとで教室行こうよ」

同じ塾に通っていたり、同じ学校だったり、元からの知り合いが教室内に多そうな点だ。

「ID交換しようぜ」「俺読み取るわ」

あちこちで交流が進んでいる。

黙って前を向いたまま聞いていると、嫌でも乗り遅れた気分になる。

自分も流れに乗りたい。

が、あいにく真後ろの男子はもう一つ後ろの男子と仲がよいらしく、北斗(ほくと)に背を向けて話し込んでしまっている。なかなか会話に加わりにくい。

隣も、また斜め後ろも女子で、いきなり話しかけるのはハードルが高い。

座席は八方（というか三方）塞がりだ。

まだまだ慌てる時間じゃないが……。

「御手洗君って、多喜町ってところ出身なんだっけ？」

一瞬、誰にどこから声をかけられたのか、わからなかった。

「は、はい！　そうです！」

「や、なんで敬語？」

口に手を当てて笑うのは、隣席の女子――浜辺香織だった。

（わ、笑われてしまった……）

北斗は頬が熱くなるのを感じる。

「いや、なんかちょっと。つい……」

くるんと内巻きボブカット。やわらかくおっとりした口調も相まって、香織は全体的にふわふわした印象がある。そしてなにより。

（レベル……高いよな？）

元から可愛い。それに加えて髪の巻き具合だったり、笑った時の口角の上がり具合だったり、そういう一つ一つの印象がどれも洗練されている。

なんだかとにかく、東京っぽい。

そしてこんな子が平然とクラスにいるのが恐ろしい……。

「通うの、すごく遠くない？」

香織がスマホの画面に視線を落とす。ちらっと地図アプリの表示が見えた。わざわざ今調べてくれたんだろう。

　こほん、と咳払いをして一呼吸置く。

「流石に実家からじゃとても通えなくて。今は姉ちゃんと東京で二人暮らしを」

「なにそれ楽しそー。お姉さん社会人なの？」

「や、医大生。薬学科で」

「じゃあ勉強も教えてもらえるじゃん。いいなー」

「いやぁ、これが口うるさいだけなんだよ。『勉強しろ、勉強しろ』って」

「あはは、そこはお母さんと同じなんだ」

　香織はころころと鈴の音のように笑う。

「たぶんこっちに知り合い、少ないよね？　わたしもあんまり知り合いいないから、お隣のよしみで助け合えると嬉しいなー」

「そりゃもちろん！　俺も全然いなくてさ。えーと……浜辺さんは、中学は女子校だっけ？」

　北斗は先ほどの香織の自己紹介を思い出す。

「そうそう。内部進学で系列高校に上がれたんだけど、やっぱり理系にいきたいなって。うちの中学、文系狙いの子ばっかりで。だから高校受験して、ここ」

　ふわふわしていると見せかけて、実は意志も強い子らしい。

「すっごいな、それ。自分で道を切り開いているって感じじゃん」

「えー、そう？　男の人には引かれちゃわないかな？」

「そんなことないって。むしろ尊敬するっていうか、俺は好きだけど」

「ん、好き？」

「……あああいやいや今のは違って！　言葉の綾というか、人間的に好きというか、あれ？　そっちの方が本物っぽい？　あの、とにかくいきなり好きって告白したわけじゃなくて……！」

高峰先輩にもできなかった人生初告白がこんな形になってしまっては一大事だ……！

「わかってるよ。ふふっ」

香織はくすくすと肩を震わせて笑う。

（また笑われてしまった……）

「御手洗君、面白いね」

「……今のはミスった。……忘れてくれ」

変に浮ついてしまった。地に足がついていない。

「でも素直に褒めてくれるの、嬉しかったな」

噛み締めるように言われ、どきりとする。

「実は共学も幼稚園以来なんだよね。男の人が同じ教室にいるって、なんだか不思議な感じ」

箱入りのお嬢様なんだろうか。だとしたら男慣れもしていないかもしれない。

「困ったことがあったら、なんでも頼ってくれよ」

自分が隣の席でよかったと思ってもらいたい。場合によっては守ってあげなければ。

「本当に？　ありがとう！」

柔和に微笑みかけられて、危うくにやつきそうになった。

連絡先交換しとかねえ？

そう声をかけるチャンスじゃないか？　ちょうど香織はスマホを出している。

だが……がっついてる田舎者だと思われたら……、いやいやでもこういうのは男からいかないと――。

などと逡巡しているうちに香織はスマホを仕舞う。

うん、まあ、まだ早いよね。

「終わったー！」

両手を上げて叫んでから、まだ人通りのある公道にいるんだと思い出して慌てて口をつぐんだ。人が見えなくなって気が緩んだ。

地元じゃ学校を出て五分も歩けば人目を気にしなくてよくなる。しかし大都会東京じゃそうはいかない。

初日の学校終わり、なんとなくそのまま帰る気にはならず、北斗(ほくと)は繁華街とは反対方面にぶらぶらと歩いていた。

大きな川にかかった橋を渡ると、一転して都会とは思えぬ静けさの満ちた空間になった。近くに神社があるようだ。敷地内を取り囲むように青々とした木々が植えられている。交差点の角に、遊具もない小さな公園を見つけた。誰もいないらしく、自然と足が吸い寄せられる。

遊具はなにもないが、経年劣化で変色した木のベンチがぽつんと設置してある。北斗は腰を下ろし、ネクタイを緩める。

目の前には猫の額ほどの池があった。

(とりあえず……乗り切った)

田舎者だと変に浮いて、陰で笑われてはいない……はずだ。

初日は誰とも連絡先を交換できず、皆が連れ立って部活見学にいく流れにも乗れずに、用事ある風を装って早々に帰ってしまったけれど。

(まだ初日だし！　浜辺(はまべ)さんみたいな子と話すチャンスもあったし！)

全然、大丈夫。ちゃんと東京の調子に合わせられている。自信を持て。

（つーか、今頃こんなことにビビるなんて……。中学受験で私立に受かっときゃ……）

いや、逆に考えよう。中高一貫校じゃないからこそ、高校受験の経験を得られた。それは三年後に控えた大学受験に活きてくる。

（とにかく勉強だ、勉強！　俺は勉強しに高校にきたんだから！　……もちろん、青春もしたいけど）

北斗は手を組んで大きく伸びをする。

勉強をしたわけでもないのに肩が凝っていた。

部活も、負担が大きくなさそうなところを見つけよう。

（どうせ練習がキツいところは親父がいい顔をしないし……）

その時、池の上をすっと黒い影が横切った。

（カルガモ……か？）

カモ類は基本的に冬の間だけ日本に訪れる渡り鳥だ。ただカルガモだけは一年中ほぼ一定の地域にいる留鳥である。

こんな都会で生きていけるのか？

しかし天敵はいないし、畑もないから害獣扱いもされない。食料を奪い合うライバルもいないとなれば、住み心地は悪くないのかもしれない。

近くに仲間の姿は見えない。このカルガモは単独行動らしい。小さな池の中をすいすいと我が物顔で泳いでいる。

ぼうっとカルガモを眺めていると、心が落ち着いてくる。

利用者も少なそうだし、この公園は自分にとっていい休憩場所かもしれない。

(それに、なんか親近感あるんだよなぁ……このカルガモ)

と、考えている間にふと気づいた。

カモ……鴨川……ロウマ？

「ふっ」思わず北斗は吹き出す。「いやいやいや」

確かに一番の親友である鴨川朗真の名字に『鴨』の字が入っている。

だからって、それで親近感を覚えるっていうのはちょっと……気持ち悪くないか？

いや別にロウマがどうとかじゃなくて、本来馴染まない大都会にカルガモが一羽で生きている姿にこう、なんとなく共感したんだ。

「俺……浮いてないよな？　笑われないくらいには、あの中でもちゃんとやれてるよな？」

聞いているのかいないのか、カルガモは一瞬だけこちらを見て、また明後日の方向に首を回す。

北斗は勢いをつけてベンチから立ち上がる。

(東京には頑張りにきたんだ)

憩いの場も見つけたことだし、今日は必要以上に様子を窺ってしまったが、明日からはもっと堂々とやれる。

まだ東京生活は始まったばかりだ。

※※※

近所のお高めスーパーで入手したベーコンを熱したフライパンに敷き、その上に卵を割り入れる。

トースターに入れた食パンの焼き色をチェック。いい具合だったので取り出す。

できあがったベーコンエッグをトーストの上にオン。軽く塩をしてから粗挽き(あらび)コショウを振りかける。最後にベビーリーフを散らして、オリーブオイルを適量垂らせば完成だ。

「ぽい！　これはぽい！　どっかのカフェじゃん完全に！」

白い大皿に載せるだけでそれっぽさが増す、というのが最近の北斗(ほくと)の発見である。

（インスタにあげるか……？　いや、もう少し凝ったものが作れてから……）

今日の朝食はベーコンエッグトースト。

併せていただくコーヒーの香りとともに、御手洗(みたらい)北斗の豊かな一日が始まる——。

「黄身固すぎ。半熟にしてくれない？」

「文句あるなら食うなよ！　せっかくお裾分けしてやったのに！」

人の料理にケチをつけてきたのは、この二LDK唯一の同居人。

北斗の姉、医大薬学科在籍の御手洗茜（二十一歳）である。

離婚して家を出た母親に代わって御手洗家の家事の一切を取り仕切りながら、ストレートで医大に合格した強靭さは、超人と認めざるをえない。弟に対してはウザいけど。

北斗の高校合格が決まると同時に、東京に姉弟二人で引っ越してきた。

中学までは勉強に集中しろと一人でやってくれていた家事も役割分担することになった。

朝食は各自セルフ。昼は互いに学食で済ませ、夕食の準備は茜。

掃除・洗濯諸々は当番制。

茜は父の一人暮らしとなった実家にも、ちょくちょく顔を出すつもりらしい。

本人曰く「大学はこれまで一時間半かけて車で通ってたのに比べたらむしろ近くなったから余裕」とのことだが、ちょっと体力がスーパーすぎて意味がわからない。

「野菜少なくない？　ひじきと煮物が冷蔵庫にあるんだから、一緒に食べなさいよ」

「おいおい姉ちゃん、ここ東京だぞ？」

「東京でも和食は食べられてるでしょ」

茜はベーコンエッグに加え、ひじき、煮物、納豆に白いご飯を自分で用意していた。

（いやうまいし、好きだけどさぁ。なんか違うんだよな～）

ついに始まった憧れの東京暮らし。どうせならばもっと彩りたい。

「ていうかゆっくりした朝をお過ごしだけど、時間大丈夫？」

「さっきまだ三十分だったから」

「台所の時計、遅れてるよ」

不吉すぎる発言に、食べかけのトーストを皿に戻す。

「うっそだ……ってマジじゃん!?」

ゆっくり食べる時間はない。口に放り込みながら用意して、トイレは諦めて学校で……。

あとは……。

「ね、姉ちゃん。フライパンと食器片付けといてくんない……？」

「夕食の片付け二回分と交換」

「くっそぉ！　わかりましたよ！　お願いしますオネエサマ！」

北斗(ほくと)は優雅さの欠片(かけら)もなく食パンを口に押し込んだ。

※※※

それに気づいたのは、授業が始まって四日目のことだった。

いや本当は、最初の授業から薄々勘づいてはいたのだ。

でもそのうちズレは修正されると、慣れれば問題ないはずだと目を逸(そ)らしていた。

「――となる。じゃあ、実際に教科書の例題を今から、えーと三分で。始め」

（『始め』じゃねえええええ！）

今の説明だけじゃさっぱりちんぷんかんぷんだ。

いや、そうだろ？　そうじゃないのか？

授業スピードが速い。

初めて習う内容なのに、説明がさくさくと進んでいってしまう。

中学の間はずっと塾通いだった。

学校の授業は塾で先取りしていたので、追いつけないなんてことはありえなかった。

北斗の進んだ高校では、私立の進学校らしく授業は一年次からみっちり詰め込まれていて、二年で高校三年間の履修範囲はすべて網羅するカリキュラムになっている。つまり通常の三カ年課程の一・五倍速だ。

三年はがっつり受験対策に充てられるので、塾にいかなくてもいいと言われるほどだ。

それはもちろんわかって入ってきている。

だとしても、だ。

（……え、これみんなわかってんの？）

ちらりと、一瞬だけ後ろを振り返ってみる。

ずらっと並んだ四十名弱の生徒の中に、顔を上げている人間は一人もいなかった。

全員が黙々と机に向かい、ペンを動かしている。

（わかっているのか……？）

北斗(ほくと)はもう一度問題に向かう。だけど問題文が暗号のようで、とっかかりがわからない。いや説明自体はちゃんとあったのだ。最後まで教師は解説してくれていた。しかし説明の途中で理解に躓(つまず)くと、そのまま追いつけなくなった。

北斗はシャーペンで薄く意味のない文字を書き、消しゴムで消す。書いては、消す。傍(はた)からは、思案して問題を解き進めていると見えるだろうか。

地元の中学じゃ、授業中でもスマホを触ったり、マンガを読んだり、こそこそとお喋(しゃべ)りをしたり、そんな生徒もいる空間だった。

途中で教師の注意が入り、授業の脱線も多かった。自然と授業はおざなりになり、自習する習慣がついていた。

でもここじゃそんなヒマは一切ない。

ないどころかついていけてないんだから、それ以前の問題だ。

顔を上げて、また周囲を窺(うかが)う。みんなはどうやら、解き終わっているらしい。

「じゃあ、誰かに答えてもらおうかなぁ……」

前を向いた時に教師と目が合った。

北斗は慌てて目を伏せる。

じわっと嫌な脇汗が滲んだ。

脇腹がちくちくと痛み始める。

ちょっとわからないんで当てないでください。お願いしますお願いしますお願いします。

「大貫さん」

「はい」

――ほっとした。

そして指名された生徒は平然と正答していた。

「まあ、ここまでは簡単だと思うけど。次のは――」

待ってくれ。

今のは簡単な部類なのか？

なら、そのレベルすらもわからなかった自分は――？

※※※

「御手洗君、予習やってんの？」

休み時間に北斗が机に向かっていると、クラスの男子から声をかけられた。

「え、まあ」

——ついていけてないし。

口から漏らしかけた言葉は音にせずに飲み込んだ。

学校の授業スピードがこれまで経験したものとはまったく違う。

そうわかったのなら、対策をするまでだ。

（慣れていけばいいんだ）

たぶん東京組は中学でもこういうペースが当たり前だっただけだ。焦らずとも、追いつけばいい。

自分もみんなと同じようにこの学校に受かっているんだから、必要な能力はあるはずだ。

「偉いねー。俺、朝練でそんな体力残ってねえよ」

おかげでまたガリ勉キャラになりそうだが……まあ、なにもないよりはそれもいいか。

ただその分、点数が取れないと恥ずかしい。

部活に入るのも授業ペースに慣れてからにしようと今は思っている。

「眠くて授業のノート取れなかった時は、御手洗(みたらい)君に頼ろうかなぁ」

「おう、いつでも」

「サンキュー」

男子はサッカー部で『部活に全力の体育会系キャラ』然としているが、それでも勉強に対する姿勢は熱心だ。こういうところが進学校らしい。

「あ、でもたぶんここ計算違ってるぜ」

「……え？」

「ちょい借りていい？」

「ああ……」

北斗がペンを貸すと、男子はさらさらとノートの端に計算式を書いて、正しい答えを教えてくれた。

「ここが違っちゃってたから……こうだろ？」

「あ……うん」

速すぎて正しいのか自分で検算はできない。でも正しい気がする。見れば見るほどそう思えてくる。

「って勝手に書いちゃ悪いか。まあそういうことで、困った時よろしく～」

笑顔で離れていく男子は、今度は女子グループの会話に加わっていた。

スポーツができて、勉強もできて、社交性もある奴が平然とクラスにいる。

じゃあ部活にも入らず、勉強もできない、そんな自分の居場所はいったいどこにあるんだろうか。

「はぁ……。疲れた……」

本日最後の授業が終わって、北斗(ほくと)は机にべちゃりと突っ伏した。

予習・復習を欠かさず、授業中も教師の言うことを聞き漏らすまいと集中する。そうすれば北斗も最低限の理解が追いつく程度にはなった。

みんなは授業になぜ追いつけるのか甚だ疑問ではあった。

しかし演習やちょこちょこある小テストの結果を窺(うかが)うに、今の授業ペースはクラスにとって適切であるらしい。

(授業でいっぱいいっぱいなのに……。でもみんなはこれから部活にいくわけで……)

休み時間も予習復習に明け暮れているのは自分くらいだ。

部活に忙しかったり、人によっては「彼氏がどーだ」「彼女がどーだ」と休み時間にわーわー騒いでいるのに、そういう人間たちが勉強もできてしまう。

北斗が答えられない教師からの問いかけにも、ノータイムで回答できる。

勉強しかしていない自分じゃ太刀打ちできない。

別に対抗する必要なんてないのは、わかっている。

でもクラスの中で、自(おの)ずと大声を出せなくなっていた。教室の端の席で、壁に体をくっつけているのがお似合いだと思ってしまう。

(劣等感……だよな)

なにより恐ろしいのは、みんなにとってまだ勉強は片手間にすぎないことだ。

それがいつか、本気になる瞬間がくる。

圧倒的に有能な人間たちが全力を注ぐ大学受験を、自分は戦い抜けるんだろうか。

不安の黒い塊が、腹の中に溜まっていく。

（やべ。腹の調子が……）

弱い自分が嫌になる。

「お疲れだねー」

「……や、全然大丈夫だけど！」

隣の席の香織に言われて、北斗は跳ね起きた。

「いやいや、無理があるから。メガネ、すごいズレてるよ」

北斗は誤魔化すように咳払いをしつつ、メガネをかけ直す。

「お姉さんと二人暮らしで家事もやっているんでしょ？　そりゃ疲れるよね」

香織は帰り支度をしながら、慮ってそう言ってくれる。

「……けど部活やってるのに比べれば、大したことないっつーか」

「えー、尊敬しちゃうけどなぁ」

「こんなことで疲れてる場合なのかって、ちょっと思うし」

勉強して、生きているだけで精いっぱいというのは、少し情けない。

「でもわたしのお母さん、専業主婦なのに『あれが大変、これが大変』ってよく言ってるよ」

「母親はやっぱり違うんじゃね？　弁当も毎日作ったりさ」

「そういうもんかー。でもきっと、御手洗君はこの経験が結婚の際には役立つね」

「だいぶ先の話……」

「わたしなら、御手洗君みたいな家事もできる旦那さん選んじゃうなぁ」

「……え」

　ぽろりとこぼした言い方が本音っぽくて、謙遜もおどけた返しもできなかった。

（それって、つまり、そういう対象として、アリってこと……？）

　将来を見越しすぎな気もするが。それくらい純粋に先までを考えてくれる子なのかもしれない。

　香織の横顔から目が離せなくなる。いつにも増してドキドキしてしまう。

「ん……あれ……れ？」

　香織が鞄の中を漁り、机を漁り、今度はポケットを漁っている。なにかを探しているようだ。

「どうしたの？」

「……定期券が……ないかも……」

「え、ヤバいじゃん。朝はあったんだよね？」

「……うん。普通に改札通ったし、学校で見た記憶が……あるから。どっかそんなタイミングが……あ、鞄を持って出たな。人に渡すものがあって……」

「俺も探すよ」

「いいよいいよっ。自分で探すから」と香織は首を横に振る。

「助けるって約束したし」

流石に格好をつけすぎている気がして「お隣のよしみでさ」と付け足した。

「でも忙しいのに」

「どうせ部活もやってないんだから。余裕、余裕」

これ以上恐縮させても話が進まないので先に動く。

「俺、職員室行ってみる。落とし物入れのケースあったよな」

「わたしも行く」

職員室に行ってみると、あっさり香織の落とし物は見つかった。

手間がかかったわけでもないのに、香織は何度もお礼を言ってくれた。

「ほんっっっとに助かった！　ありがとう！」

「全然。ぶっちゃけ大した活躍してないし」

「あ〜、下手したら一人で校内を探し回ってたよ〜」

香織(かおり)はほうっと息を吐く。

「確かにそりゃ悲惨だ」

「ありがとうね。御手洗(みたらい)君がいてくれて助かったよ」

その言葉に、溜(た)まっていた疲れも吹き飛んでいく。

誰かを助けられたことが純粋に嬉(うれ)しい。

なによりまっすぐ向けられるまぶしい笑顔にやられた。

(……まだ頑張れるかも)

男なんて単純なもんだよ、と口癖のように言う姉の言葉が初めて身に沁(し)みた。

二

四月はあっという間に過ぎ去って、ゴールデンウィークに突入する。

とある休日、北斗(ほくと)は電車に乗って初めての土地に降り立った。

もう夏かと言いたくなる厳しい陽光が照りつける、やけに暑い日だった。

人混みのおかげで体感気温はさらに上昇する。

この暑さも誰かと一緒ならテンションを上げる一材料になるかもしれない。でも一人だと、ただ堪えるだけだ。

一車線を渡るためだけの横断歩道が、やたらと長時間の赤信号で北斗を足止めする。車がほとんど通らないためだろう。信号が青になるのを待たず、ひょいひょいと渡っていく大人がいる。

(でもまあ……俺は待つけど)

その間にまた一人、二人と大人が横断歩道を渡っていく。

(まさか……ここの信号はそういうルールってわけじゃないよな?)

自分以外に信号を待っている人間が誰もいない。

考えてみれば、海外には赤信号でも右折可能な国もある。

(実は暗黙の東京ルールが存在している……?)

いやいやだとしても法令遵守が最優先だ。

しかしいくらなんでも信号待ちの時間が長すぎる。おかしい。本来はここじゃなくて、どこか回り道をすべきなのか。

「お兄さん、ここ押しボタン式だよ」

「……え?」

気のよさそうなおばさんが、ぽちっとボタンを押しながら教えてくれた。

今日は東京観光すると決めていた。

思い返せば四月は家と学校の往復で終わった。

予習。授業。宿題。復習。あとは家事。

一カ月経って、もう逃げようもなくわかったことがある。

明らかに自分は校内で「できていない方」、だ。

授業内で問題を解かされた時、みんながペンを置いてもまだ解き終わっていない。

大半の生徒が満点を取れる小テストで、点数が半分以下である。

出来が気になって周囲を観察ばかりしていた。だからたぶん、この認識は間違いじゃない。

合格したから同じレベルのつもりだった。でも如実に差があった。

進学校に入ったものの、下位に沈んで浮上できない生徒を「深海魚」と言うそうだ。

このままいけば、自分は延々と暗い海の底に沈み続けてしまうかもしれない。

……なんて鬱々とした気持ちを晴らすためにとにかく外に出たかった。

「スカイツリー！　高っ！」

ベタな観光をしようと思ったら、ここは外せない。

「……スゲぇな」

そびえ立つ鉄塔に圧倒される。真下から見上げると一番上なんて見えやしない。

遠くに見えた時からとんでもない高さだとはわかっていたが、接近すると巨大すぎても はや現実味がなくなった。

イルミネーションされたきらびやかな印象が強くて繊細な姿を想像していたけれど、間近で見た鉄骨は無骨でゴツゴツとしていた。

「じゃなきゃこの高さなんて支えられないよなぁ」

首が痛くなるほど見上げると、太陽の光が目に入ってまぶしい。

片手をかざすと、腕の長さとの対比で、鉄塔がより高く感じられた。

手を伸ばしてもまったくつかめそうにない。自分が何百人束になっても一生届かない。

さらにその上に広がる真っ青な空が目に染みる。

海の底から見上げた海面の青も、こんな風にいつまで泳いでも届きそうにない距離にあるのだろうか。

しかしスカイツリーは人類の叡智(えいち)が生み出した人工物である。

現代社会を支配する『金』さえあれば、見下ろせないものなど存在しない、日本で一番高い建造物に上ることだって可能だ。

北斗(ほくと)はスマホで「スカイツリー　入場料」を検索する。

「…………高え」

お値段も噂に違わぬ日本一だったので、外から写真だけ撮って退散することにした。

ああ、資本主義。

ロウマ：〈東京っぽいところ行った？〉

どんぴしゃなタイミングでロウマからメッセージが届いた。

絶妙すぎて背後にいるのではと疑ったほどだ。今まさにロウマに送ろうと思っていた。

北斗はしばし考え込む。今日撮りためた写真から精鋭たちを選抜し、先にインスタにアップロードを完了させた。それから返信する。

トト：〈インスタを見ろ！〉

ロウマはリアルタイムで見てくれたみたいで、すぐに連投で返事がきた。

ロウマ：〈スカイツリー！〉

ロウマ：〈赤い門の提灯！　これ有名だよね！〉

トト：〈雷門な〉

ロウマ：〈西郷隆盛！　と犬〉

〈犬ってなんの犬だっけ？〉

〈ハチ公？〉
トト：〈ハチ公は渋谷じゃね？〉
ロウマ：〈ハンバーガー……野菜挟みすぎじゃない……？〉
〈一口でいける……？〉
トト：〈ナイフとフォークがついてきた〉
〈二千円〉
ロウマ：〈……高校生が食べていいものじゃなかった。……大人だ〉
〈また門？　なにこれ？〉
トト：〈東大の赤門！〉
ロウマ：〈東大って入れるんだ。勝手に〉
トト：〈大学ってそうだぞ〉
ロウマ：〈へー。夜の東京駅いいね！〉
トト：〈だろ？　前撮ったのに上げ忘れてた〉
ロウマ：〈外国じゃん〉
〈遠くにいっちゃったみたいだね〉
トト：〈そっちは最近どう？〉
ロウマ：〈相変わらずだよ。休み中もずっと手伝い〉

〈東京暮らしを満喫してるみたいでなにより〉

ロウマから、二匹の犬が羨望のまなざしを送るスタンプが届く。

こちらもスタンプを送り返す。

目はくりんとかわいらしく、それに対して口は引き締まった、なんとタイトルをつけていいかわからないパンダ。

肯定もしていないし、否定もしていない。

返事に迷った時に出動するパンダ。

北斗（ほくと）はスマホから視線を外す。

夕暮れの人っ子一人いない小さな公園。

一人で東京観光をした帰り、北斗は定期券を使って入学初日に見つけた公園まで足を運んでいた。

もう一度アプリを開いて、アップロードした写真を眺める。

友だちと一緒か、なにかの間違いで香織（かおり）と巡れていたならば、堂々と「満喫している」と返事できただろう。

（でもこれじゃなぁ……）

一人寂しく公園にいる状態で胸は張れなかった。

すっかり炭酸の抜けたぬるいサイダーを口に含む。一瞬小さな泡が弾（はじ）けて、あとは人工的な甘ったるさだけが口の中に残る。

時間をかけて映える角度を探った甲斐あって、インスタの中の自分は充実した休日を送る高校生そのものだ。

でもその切り取られた写真がよく出来すぎていて、本当に自分が行ったのかと疑わしくなってくる。

嘘をついているわけじゃない。だけど偽物の姿を人に見せびらかしているようで居心地が悪い。

「休日までここに来てるなんてなぁ」

実際の自分は、移動と昼食だけで金欠になるしがない高校生もどきだ。

周りと切磋琢磨しながら勉強して、部活にも入って、休日には友だちと東京を遊び回って、そんな自分が思い描いていたきらびやかな高校生活とは、明らかに違っていた。

「俺の新しい友だちはお前だけだよ、リバー」

小さな池に浮かぶカルガモとはすっかり顔なじみになって、名前までつけてしまった。

鴨川朗真から『川』の字を拝借して『リバー』。住んでるのは池なんだけど。

「これがトーキョー・シティ・ボーイだよっ、と」

足下の小石を蹴ると、ころころうまい具合に転がって、池を取り囲む背の低いフェンスの隙間もすり抜け中に落ちた。

リバーがすーっと波紋の方へ寄っていく。

「エサじゃねーぞ」

しかし餌でもやらないと、いつか愛想を尽かされてしまうんだろうか。

東京に出てきて、新しい自分になれたつもりでいた。

いや新しい自分になるというよりは、しがらみから解き放たれて本当の自分でいられるくらいに思っていた。

しかし期待はまったくの逆方向に裏切られた。

自分には派手な生活は似合わないらしい。

かといって、優秀さからクラス内で際立つわけでもない。

都心のど真ん中ですら、こんな誰にも見つからない場所を探そうとする。

おまけに一緒にいる相棒はカルガモだなんて。

(なんも変われてねー)

いつまで、頼ってるんだよ。

——秘密基地みたいな場所がなければやっていけないのか?

——そんな高校生がいるか?

——自分はいつ大人になれるんだ?

早く大人にならなきゃいけないのに。

「なあ、リバーは一人でさみしくないのか?」

勉強はまだ続く。大学に入ってからも続く。学生という、社会人未満であり続ける。その期間さえ終われば、自分は大人になっているんだろうか。

「いつここから飛び立つんだ? それともずっとここにいるのか?」

黒いつぶらな瞳がしばし北斗(ほくと)を見つめた気がしたが、すぐにリバーはぷいと方向転換して向こう岸へ行ってしまった。


帰宅するとカレーの匂いが漂ってきた。

さほど空腹じゃなかったはずなのに、匂いだけで唾液が出てくるから不思議だ。

「北斗、もう食べる?」

キッチンでは茜(あかね)が鍋をかき混ぜているところだった。

「あー、先に風呂入ってから食べる」

「明日以降の予定、どうするんだっけ?」

鍋に向かったまま茜は聞いてくる。

「んー、今日みたいな感じ。あ、でも休みの後半は勉強するつもり」

「そ。私は明日の朝にお父さんのところに帰るから」

「はいはい」

「カレーは多めに作ってて、あとはかぼちゃとなすの煮浸しが冷蔵庫に入ってる。冷凍庫はいつもどおりだから。あ、カレーは食べきれないなら早めに冷凍ね」

「へーい」

「洗い物は溜めないで。洗濯機も一度は回しておきなさいよ」

「わーかってるよ。いつもやってるじゃん」

北斗は食器棚からガラスコップをとり、やかんから麦茶を注ぐ。

「それと外食もするだろうから、お金は机の上」

「りょうかーい」

自分の部屋に行こうとしたら、茜と目が合った。じっとこちらを見つめている。

（ああ……嫌な目だ）

見たくない目を、している。

「……なんだよ？」

無視して部屋に行けばいいのに、噛みつかずにはいられない。

北斗は姉のこの目が嫌いだった。

心配しているようで、憐れんでいるようで、でも最後はどうすることもできないと突き放して独り立ちさせようとする、母親のような目だ。

「小遣い、足りてる？　食費節約して小遣いに回さないでよ」

「大丈夫だよ。ガキじゃあるまいし」

北斗は麦茶を飲みながら部屋に入り、後ろ手でドアを閉めた。

今日のことをなにも聞かれなかった。

どうせ友だちと行ってないとバレているんだろう。

それがどうした。別にいいだろ。

隠すつもりもないのに、なにも言われないから反論もできない。

行き場のない言葉たちがぐるぐると体内で渦巻く。

麦茶を一気飲みしても、腹に溜まった熱はちっとも冷めなかった。

三

トイレから戻ってきて、北斗は自分の席に着く。

なんとはなしに教室内を見渡してみた。

あっちはテニス部。こっちは野球部。そことそこの女子がグループになっていて、そっちの男子たちはよく連(つる)んで遊びに出かけているらしい。

クラス内で、すっかり相関図ができあがる時期になっていた。

そんな中御手洗北斗(みたらいほくと)は、自らの正しい居場所を見つけられずにいる。

別に迫害されてもいないし、疎まれてもいない。周りとも普通に雑談はしているし、体育の授業でペアを作る時にあぶれることもない。

けれども「友だちだよな」と確認し合える相手がいる自信はなかった。

(中学時代の方が客観的に見れば浮いてたんだろうけど……)

それでも前の学校じゃ秀才と認められていた。

今思えば、その自覚が随分と自分を支えていてくれたらしい。

勉強だけしかできないと周りからは言われても、それはやっかみであり、自分を認める裏返しでもあった。

陰で笑われようが、逆に笑い返してやれた。

でもここじゃ自分は勉強すらできない。

(田舎者で……。東京にもなじめていない……)

そんな自分が誰かから必要とされることなんてあるのだろうか。

誰かを守れる、そんな人間にならなきゃいけないのに。

「御手洗君」

やわらかい声が降ってきて、導かれるみたいに自然と背筋が伸びた。

胸が開いて息がしやすくなる。

「……あれ、大丈夫？」

声の主である香織が小首を傾げていた。

「ごめんごめん！　考えごとしてて」

「あ、疲れてそうだったらいいんだけど」

「いや全然大丈夫！　ていうか、俺をいつも疲れてる奴だと思わないで」

「うーん」と香織は腕を組んで黙考してから言う。「なんかそのイメージあるかも」

「待ってくれ！　俺だってピッチピッチの高校一年生だから」

「その表現が古いし」

「い、田舎臭い……？」

「言ってない言ってない」

とにかく元気だから、と強調すると香織は「ならいいけど」と納得してくれた。

たとえ空元気でもそう振る舞っていれば、気持ちも晴れてくる。

「じゃあさ、放課後ちょっと時間あったりする？」

幸運は、どこに転がっているかわからない。

「ごめんねー、急にお願いしちゃって」

「全然！　これくらいのことならいつでも！」

北斗は胸の前で抱えるダンボールを持ち上げてみせる。

香織からお願いされたのは荷物運びの手伝いだった。

「今日は力仕事だからどうしても男の子がよくて……」

所属する委員でペアとなる男子が急に欠席になったため、「誰か代わりを連れてこられないか」と教師に言われたらしい。

そこでクラス内の中から、他ならぬ北斗が抜擢されたというわけだ。

「部活の子に頼むのは難しいしさ」

……まあ、自分が比較的ヒマだというのは大きい気もする。

二人でそれぞれ荷物を持ちながら廊下を歩く。

吹奏楽部が個別練習する、不揃いな楽器の音が校舎には鳴り響いている。時折、紛れるようにグラウンドから野球部のかけ声が聞こえてくる。

「女の子何人かに頼む手もあったんだけどねぇ」

「けど？」

「うーん、わたしまだ女子の中で立ち位置を確立できてないというか」

「あんまりそう見えないけどな。仲よさそうだし」

「仲悪くはないんだけど、パワーバランスっていうか、変に上から感が出るとよくないから」

「まあ、女子には男子に見えない複雑な世界があるか」

「御手洗(みたらい)君、お姉さんがいるからよくわかってるね。なんだかんだ男子は一枚岩だし、そこはいいよねー」

香織は自分に比べてうまく馴染(なじ)んでいる印象だった。でも元からの知り合いも少ないと言っていたし、苦労する部分もまだ多いのかもしれない。

「もし相談したいこととかあったら、俺でよければ聞くよ。学校の男子の中じゃ……俺も仲いい方だと思うし」

キザに聞こえてしまっただろうか。

「え……あ、うん」

「あ、別に悩みあるだろって言いたいわけじゃなくて！　困った時はお隣同士ってことで」

「ああ、そういうことね。ありがとう」

思わずまた付け足してしまった「お隣同士」という関係性。

(いつまでもその関係性なのも、違うよな)

正々堂々、真正面から「自分に頼ってくれ」と言い切りたい。

そうしたら香織との関係性も一歩進んで——ちょっと待て。

(付き合いたいのか……？)

香織のことが、好きなのか。

悪く思ってはいない。可愛いし、純真でいい子だし。

だが自分も軟派な男ではない。

好きだった高峰先輩への想いはまだ胸に残っている。……結局なにもできなかったんだが。

そんな状態で付き合うことはできない。

だがここは大都会、東京だ。

「とりあえず付き合っちゃう？」とかそういうノリがあっても、全然まったくおかしくないのではないか……⁉

香織は荷物を物置となっている教室の前に「よいしょ」と置いた。

「ありがとー。中の片付けはまあ今度でもいいって言ってたから」

「必要とあれば一肌脱ぐぜ！」

北斗はワイシャツの袖ボタンを外して腕まくりする。

「……気合い入ってるみたいだからお願いしようかな？」

結局、放課後遅くまで仕事を手伝った。

他の委員にも交じっての作業では「代役なんだからそこまでしなくていいよ」という空気も若干感じたが、感謝されたのでいいだろう。

「これだけじゃ申し訳ないけど」と言う香織から驕ってもらった紙パックのジュースを手に、北斗は一人で教室に戻る。

鞄は持ってきていたのに、教室に上着を置き忘れていた。

北斗が教室に入ろうとすると、女子二人が残っているのが見えた。

「あ、浜辺さんじゃん」

帰宅する香織が教室から見えたのだろうか。

さっきまで一緒にいた香織の話に、なんとなく立ち止まってしまい、次に足を踏み出すタイミングを見失う。

「浜辺さん、もう三年の先輩と付き合っているらしいよねー」

(——え?)

立ち聞きするつもりはなかった。

でも、話の内容に驚きすぎて、足が凍ったように動かなくなった。

——あー、先輩二人と同時進行して、ちょっと揉めそうになったんでしょ。

——そうそう。三年二人も誘惑するとか年上キラーすぎてヤバくない？

——あの見た目のお嬢様感は男ウケするよね。

——絶対クラスの男子で惚れてる奴いるよ。

——いそー！　あれはウブな男子勘違いさせるよね。自分だけに優しいと思って。

——そうそう、で、「もしかしていけんじゃね？」って思って告白して爆死するやつ。ないから。あのタイプは狙い定めたら自分からガンガンだよ。

——だいぶ罪な女になってるけど。

——それは見抜けない男子が悪いよ。てゆーか、つながりで他の先輩紹介してほしいなー！　やっぱまだクラスの男子ってガキ臭いっていうかさあ。


（危ねえええええええええええ！）

北斗は湯船に顔を沈めて思い切り叫んだ。

水中で出した声は、ボコボコという泡の破裂音になって消えていく。

湯船から顔を上げ、浴槽にもたれかかる。ずるずると背中を滑らせて、首から下全部をお湯の中に沈める。

「告白までいってたら、完全ピエロだろ……」

もしかしたら頼られて、恋愛対象にもなっているのではと、バカみたいに勘違いをしていた。

そもそも眼中に入ってなかった。

たぶん男としては相手にもされていない。

（そりゃ「仲いい方の男子だ」とかドヤ顔で言ったら引かれるよ……）

もしかしたら他クラスの委員にも「うわぁ……」と思われたんじゃないか。

香織にはなにも過失がない。

女子が言っていたように見抜けない自分が悪い。それだけだ。

頼られて、一人で舞い上がっていた。

なにより恥ずかしいのは、香織を助けようとしながらも、それが全部自分のためだったと気づかされたことだ。

誰かに必要とされている、その実感がほしかった。

そうやって自分を価値がある奴だと思いたかった。

相手のことをちゃんと見てすらいなかったんだ。

（最低だな……）

どんどん自分が矮小な人間に思えてくる。

「ロウマ……。俺は東京じゃダメみたいだ……」

自分にはなにかが圧倒的に足りていない。

「帰りてぇ……もごっ⁉」

尻が滑って鼻まで湯船に沈んだ。慌てて手をついて顔を水面に出す。

思わず口をついて出た言葉に、自分で驚いた。

（——帰りたいだって？）

どの口が言っているんだ？

東京に出られて、あの狭い町を出られて、清々(せいせい)するくらいに思っていた。

だからロウマにだって東京に来いと、誘ったんだ。

それがこのザマだ。ロウマにだって笑われてしまう。

あの町でロウマと過ごした日々は、確かに楽しかった。いい思い出もたくさんある。

でも母親が出ていったあの場所を、周りにとやかく言われ続けるあの場所を、ずっと親(おや)父(じ)の目を気にしながら生きていかなきゃいけないあの場所を、心から好きだとはどうしても言えなかった。

（でもいつか俺は……戻るんだよな）

自分が将来、父親の病院を継ぐことは決まっている。

世の中的に見れば、それだけが自分の持つ存在価値だ。

胸の中に抱えるこのもやもやも、東京で大人になれば消えるだろうと望みを託していたのに。

地元にも東京にも自分のいるべき場所が見つからない。

北斗(ほくと)は息を止めて、頭のてっぺんまで全部湯船の中に沈める。

自分は今、水の底にいる。

四

梅雨が明けて、本格的な夏になる。

校内で実力テストがあった。

中間テストは、範囲も狭かったし丸暗記でなんとか戦えた。順位的には下位グループだったが、赤点もなかったし、下の下に沈むのは回避した。

しかし範囲が明確に指定されず、生徒の能力を試すためにあえて捻(ひね)った問題が並べられた実力テストで、北斗は現実を知る。

特に数学では見たこともない点数を取ってしまった。

(学年で下から……二番目?)

返却を受けた結果の用紙には、科目ごとの順位がご丁寧に記載されている。

特に数学が悪かったが、他科目も似たり寄ったりで順位はすべて下位の下位だ。

悲しいとか、ショックだとかいう感情は小さかった。

まったく手応えのなかったテスト終了後から、自明だった結果だ。

ただ、もしかしたらみんなも全然できなかったんじゃないか、そんな微かな希望が潰えただけだ。

無機質な数字の羅列が、お前はバカだとはっきり突きつけてくる。

教室で自分の成績に一喜一憂して騒ぐクラスメイトの声が、どこか遠くの方で聞こえた。

「御手洗君、点数どうだったの？」

後ろの席の男子に声をかけられた。

「あー……いや、なんというか……」

見せたくなかった。でももう諦めようという気持ちもある。いつかはバレるんだ。逡巡していると、北斗の握る結果用紙がちらりと見えたらしい。

「……イマイチだった系？　まあ……、今の実力テストなんてなにも関係ないよな」

男子はそう言ってすぐに会話を打ち切ると、北斗に背を向けた。

気を遣われていた。

勉強に不真面目な生徒ならまだしも、予習・復習もきっちりやっているタイプでこれは悲惨だ。

（あーあ……。こんなので――）

――これで医学部に受かるのか？

恐ろしい想像が一瞬脳裏をよぎった。

そもそも学年にいる大半は医学部志望ですらないだろう。

おまけにもっとレベルの高い学校に通う生徒もごまんといる世の中だ。

医学部に入って、医者になる。そして父親の病院を継ぐ。

それは疑ったこともないくらいに当たり前のことだった。

自分はそういう道を歩むのだ。

そりゃたまに足踏みしたり、寄り道したりはあったとしても、たどり着くべき場所は一つしかないと思っていた。

そこにたどり着けないなんてことが、あるのか？

親に反抗して家を飛び出したわけでもなく、ちゃんと親のルートに乗ろうとしているのに、その道を踏破できないとしたら。

自分にはいったいなにが残るんだ？

ぞっと、鳥肌が立つ。

体の奥のもっとも深い部分からせり上がる恐怖が、北斗の体を揺さぶった。

真っ暗な底なしの闇に、北斗は落ちていく。


純和食の夕食を終える頃、不意に茜から聞かれた。

ブリの照り焼き、きんぴらゴボウ、白和え、味噌汁に白ご飯。

「北斗。テストの結果、もう返ってきた？」

「……この前見せたじゃん」

「それは中間テストでしょ？　実力テストの方」

「いやでも実テは、成績にも関係ないし」

北斗は茶碗に目を落としたまま、茜とは目を合わさず言う。

「見せなさい。成績は確認するってお父さんとも約束してるから」

親父の名前が出てきて余計に腹が立った。

「俺も高校生だし？　そういうの、要らないって思うんだけど」

「中学の時から勉強は誰が面倒見てきたと思ってんの？　いいから」

もう、どうとでもなれと思った。

北斗は自分の部屋から用紙を取ってきて、投げるように茜に渡す。

部屋に戻るのも癪なので、横を向いて椅子に座った。明日には内容も覚えていないようなバラエティ番組がテレビの画面に映っている。

しばらく用紙を見て、茜は固まっていた。

「…………マジ？」

「なんだよ」

「中間もよくはなかったけど……これ、ダメでしょ。全然周りについていけてないじゃん。家で籠もって、真面目に勉強やってるよね？　スマホでゲームばっかやってない？」

「……勉強はやってるよ」

北斗はテレビ画面にじっと視線を固定する。

「じゃあなんでこんな順位になるわけ？」

「しかたねえだろ！　スピードが全然違うんだよ！　それに慣れてないから……」

「まだ早いかと思ったけど、塾行くしかないね。お父さんに相談しとく」

「……また塾かよ」

「アンタが一人でやれないんだから仕方ないでしょ」

はぁ、と茜に溜息を吐かれて、一瞬だけ茜の方を見てしまった。

嫌な目だ。

しかも失望と自戒の入り混じった、目だ。

「これで医学部、合格できんの？」

体がかっと熱くなった。

「知らねえよそんなもん！」

「はぁ？　アンタの受験でしょ!?　しっかりしなさいよ！　ここまでお膳立てして受かんなかったら近所中の笑いものだよ！」

「うるせえんだよっ、クソババア！」

北斗はテーブルを殴りつけて席を立つ。弾みでお椀がひっくり返る。味噌汁の中身がテーブルに広がっていく。片付けなきゃという思考が先にきて、頭が冷える。

「誰が………クソババアだって？」

はっとした。

決して、言ってはならないことを……口に……した。

裸で極寒に放り込まれたかのごとくぶるぶると震えながら、北斗は茜の顔を覗く。

鬼がいた。

「ひっ!?」引きつった声が喉から漏れる。

「あと食べ物だけは粗末にするなって言ってんでしょっっっ！」

「す、すいませんでしたああああああ!?」

反省の意を示すため北斗は皿洗いを申し出た。

スポンジで食器を一つ一つ洗っていく。

黙々と作業をしていると、徐々に心が落ち着いてくる。

（八つ当たりだよな……）

また自分が嫌になった。

「いきなり家の手伝いを多くしたのは、負担だったかもね」

リビングでテレビを観（み）ていた茜が、背中越しに声をかけてきた。

何事もなかったように素っ気なく、でもやさしい声だ。

「今後のためにもいいと思ったんだけど……悪かったね」

先に謝られると、余計にこちらがガキみたいじゃないか。

「……大丈夫だって、これくらい」

北斗は二人分の箸を洗って、コップの中に立てる。

わかっているんだ。姉は自分にも生活力をつけさせようとしている。全部、北斗を思ってのことだ。

「当面は勉強に集中していいよ。家事は私がやるから」

「だから大丈夫だって。……姉ちゃんは親父（おやじ）の面倒も見なきゃならないだろ」

「流石（さすが）にお父さんは大人だから一人で大丈夫だよ」

茜は笑うが、そうは言ってもこれ以上負担をかけていられない。

(本当は……俺が支えられるくらいにならなきゃいけないのに)

嫌でもわかるんだ。

学生をやりながら、家事もやって、北斗の面倒も見るなんて、どれだけ大変なことか。

早々に実家の病院は北斗に継がせると決め、自分は薬学科に進んだ。北斗が一人前になるまで、見守ってくれるつもりなんだろう。まるで母親みたいに。

姉であり、認めたくないけど母のようでもある。どの面をとっても勝てない姉に、本当は少しでも追いつきたい。

でもやればやるほど背中が遠のいていく。かつての姉と同い年になっても、当時の姉と同じ位置に立っている気がしない。

「ま、いいじゃん。早いうちにわかりやすく鼻を折られて。高校受かって、ちょっと調子乗ってたでしょ?」

中学受験に失敗した時にだって、ぽっきりと鼻は折られている。

忘れもしない。

口ではなにも言わない、親父の失望した表情。

姉の憐れむような目。

無責任な周囲の人間たちが向ける好奇の目。

地元の有名な医院の跡取り息子だから。

小学生の頃に両親が離婚してしまったから。

狭い地域で勝手に注目集めて、好き勝手な噂を立てられた。

「こっから頑張ればいいんだよ。三年間頑張って勉強して、ちゃんと今の高校も合格したんだから、大丈夫だよ」

あの時は、どうやって立ち直ったんだっけ？

すぐ思い出すこともできない。

「夏……帰るのやめようかな」

スポンジを置いて蛇口から水を出す。食器に付いた洗剤を流していく。

「はぁ？　私は帰るよ」

「勉強しなきゃいけないし」

「こっちで一人の方が無理があるでしょ」

「でも、ちゃんとしてないままじゃ……帰れねえし」

今のままじゃ胸を張れない。

自分は医者になれる男なんだって、そう証明できる人間にならなきゃいけない。

「誰も今のアンタの成績なんて知らないんだから」

「そういうんじゃなくてっ」

胸に渦巻くこの感情を、うまく言葉にできない。

「ロウマ君、待ってるよ」

その名前を出されて、なんだかわからないが涙腺が緩んだ。

ロウマと夏に会う約束をした。あいつにはイケてる姿を見せてやるぜと偉そうに宣言してきた。会いたい。でも今は会えない。

蛇口からの水流を目いっぱい強くする。ざあざあと、洗い桶からあふれた水が排水口に流れていく。

「……このままじゃ、ロウマにも笑われるんだよ」

そうだ。今のままじゃ一番笑われたくない人間にも、笑われてしまって――。

「ロウマ君って、そんなことで笑うの？」

茜の発したその言葉は、なぜか雑音に負けずにくっきりと耳に届いた。

自分の体の奥の方にするっと流れ込み、静かに波紋を起こす。

なにもできないダメ野郎で。

失望されて。

憐れまれて。

他の誰も認めてくれなくても。

どれだけ自分の居場所がないように思えても。

それでも、そうか。

あの秘密基地にいたロウマなら、御手洗北斗を受け入れてくれる。

中学受験に失敗し、地元の公立中学校に通わなくてはならなくなった時も、そうだ。

学校では「入試でカンニングして不合格になった」なんて噂を流された。

「テスト中にトイレの中でメモを見た」とかそれっぽい創作をされた。

緊張でいつも以上に腹が痛くなり、試験会場でトイレに何度も行ったのは事実だ。でも
それは全部テスト前後の休憩時間の話で、テスト中にまで中座はしていない。

むしろ必死に我慢しすぎて集中できなかったんだ。

それでも、やっていないことを証明するなんて不可能だった。ないものをないと証明す
る方法がなかった。

でもロウマだけが、北斗を信じて憤ってくれた。

——トトがそんなズルするわけないだろっ！

ズルをしていないなら実力不足になるわけだが、それもロウマは笑わなかった。

ガリ勉だとバカにされながら、中学三年間勉強をし続けた北斗をロウマは笑わなかった。

隣で励ましてくれていた。

ああ、そうだった。

中学受験に失敗して鼻をポッキリ折られて、勉強ばかりの日々にくじけそうになっても、頑張り続けられたのは、隣に親友がいたからだった。

でも今はもう、その親友は傍にはいない——。

「北斗、いつまで水出しっぱなしにしてんの？」

「……あ」

茜に言われ、慌てて水を止める。

水を出しっぱなしにしたおかげですっかり中が入れ替わった洗い桶に、黒褐色のお椀が一つぷかぷかと浮かんでいる。

それが一羽のカルガモみたいだと思った。

(もうちょっとだけ……足掻いてみるか)

五

「こんな感じの髪型にして。で、色はこういうので」

口で説明できる自信がなかったので、美容室にはネットで拾った画像を持っていった。

北斗からスマホを受け取った男性美容師がまじまじと画面を見つめる。丸メガネにあごひげをたくわえ、なんだかチャラい……もといおしゃれな人だった。

天井の高い店内は壁も床もすべて白一色で、まるで南国の砂浜を思わせる。あと、とにかくいい匂いがする。

空間を広く使っていて、自分一人でこんなに使っていいんですかと言いたくなる専有面積が充てられている。両隣にいる女子大生っぽいお客さんの様子も気にならない。

場違い感を心配していたが、そう感じさせない空間になっているのだ。

そう、なんたってここは原宿（はらじゅく）。しかもその中でも超がつくほどの人気店だ。

清水（きよみず）の舞台から飛び降りる思いで予約したお値段もこれならば納得……いやでもしんどいけど……当分節約生活だけど……！

「だいぶイメチェンっすね～。結構明るい色ですけど、大丈夫っすか？」

「校則も読み込んで全然大丈夫なことは確認済みなので問題ないです！」

「そういう意味じゃなかったんだけど」と美容師に苦笑される。「でも気合い入ってるっすね～」

「まあ……はい」

前から髪型は変えたくて髪を伸ばしているところだった。

「好きな子できた？」にやっと笑って美容師は聞いてくる。

「いやっ……そうじゃなくて。……一瞬なりかけたけど全然違ったなっていう」

「じゃあなんか別のきっかけ？」

「そんなわかりやすいのは……。でもしいて言うなら代わりに親友のことを思い出したっていうか、いや思い出したってのも違うんですけど……」

「おお、エモ感っすね～。親友と思ってた子のよさに気づいて……ってやつ」

「いやいやっ、全然そういうのではなくてっ」

なんだか盛大に勘違いされた気がする。

「任せてください。ばっちり格好よくしちゃいましょう。その子を想って」

「ち、違うんですけど……」

違うのだけれど、全面的に違うとも実は言いきれない……かもしれない。

ロウマに会いたいと思った。

だけど今のままじゃ会うことはできない。

あいつの前では、格好いい自分でありたい。

それはなんというか、ちんけな自分でもどうしても譲れない、意地みたいなものだった。

「うーん、てか前髪もっと作った方がよさげな気がするな……。どうっすか？」

今の自分には自信が持てない。なにかが足りていない。

もちろん外見を取り繕っただけで変われるとは思っていなかった。

でも、なんでもいいから自分をかさ増しできるのなら、そうしたい。

「やっちゃいましょう！」

※※※

イメチェンした髪型は、翌日教室に入るなり即座に話題になった。

「ど、どうしたその髪型!?」

男子連中がすぐ話題にしてくれた。

北斗はわざとらしく前髪を掻き上げてみせる。

「前から東京デビュー狙ってたんだよ」

「デビューだったら最初からやらないと意味ないし！」

つっこみがあったおかげで、どっと笑いが起きた。

わらわらと人が集まってきて、大きな円ができる。

心臓の鼓動が速くなっていく。

「初めは準備がいるんだよ！　東京の生活にも慣れなきゃいけねえし！」

「え、東京だからってそんな難しいことある？」

「ほら電車とか！　乗り換えの難易度高いし！」

「地方民あるある本当に言う奴いるんだ」

「うちの地元、単線だぜ？」

「単線って？」「上下線とも線路が一本ですれ違えないってこと」「え、リアルにそんなとこ出身なの？」

「みんなの想像する……三倍は田舎だな。土日なんて一時間に一本すら電車が来ないんだぞ」

「ドヤることじゃないだろ」「謎の田舎キャラ押し」

　正直どんな反応をされるかは不安だった。

　でもネタ扱いになってほっとする。陰で笑われるのが一番キツかった。

　これは笑われているんじゃない。自らネタにしているんだから。そう自分には言い聞かせる。

(俺はなんとか……頑張ってるぞ)

　心の中で、ロウマに格好をつける。


「あ」「あ」

トイレの帰り、たまたま香織に出くわした。

「今日の朝、御手洗君中心に男子ですごく盛り上がってたね」

「俺が中心ってわけじゃないけど」

並んで一緒に廊下を歩く。

「急に田舎キャラ押しになったとか」

「ネタになるかなって。別に隠すことじゃないし」

香織が北斗の顔を覗き込んでくる。

もう三年の先輩と付き合っているのかぁ、と思うとやたらと大人に見えた。

「そっか。そっちの方が、いいかもね」

「お、やっぱりこの髪型いい感じ？」

おしゃれな香織にも高評価とは。

「あはっ、面白いね御手洗君」

それはどういう意味……とは怖くて聞けなかった。

放課後、都会に埋もれた秘密基地のようなあの公園を訪れた。ベンチに腰かける。

いつもはそんなことないのに、今日はまるで待っていたかのようにすぃーっとカルガモが寄ってきた。

「よお、リバー。今日はやさしいじゃないか」

自分の変化がどこか表に現れているんだろうか。

「なんだ、俺の髪型が気になるかのか？ 格好いいだろ？」

それは違うとばかりに、ふいとそっぽを向かれる。

「おい。格好いいだろ。え……格好いいよな？」

いきなりやりすぎたかもとはちょっと思っている。

だが原宿おしゃれ美容院カットなんだから、間違いなどあるはずがない。

もし周りに似合っていないと感じられても、それはまだ馴染んでないだけの話だ。

きっとそのうちに、自分が追いついていく。

（それまで時間がかかるのかもしれないけど……）

いつ自分は理想に追いつけるんだろう。

それまでにどれだけ足掻き続ける必要があるんだろう。

のんびりと泳ぐカルガモがうらやましい。

「俺もお前くらいに悠々と生きられたら……」

いや、違うか。

鴨の水かき、という言葉がある。

気楽そうに浮かんでいる鴨も、水面の下では必死に足を動かしている。

「お前も頑張ってるんだよな……」

背を向けるカルガモに北斗はつぶやく。

どうせなら、白鳥だともっと格好がつくだろうに。人生は思いどおりにはいかない。

（一生懸命やっても俺は……カルガモだ）

今さら白鳥になってやるなんて言わない。

だけどカルガモだとしても、大空に羽ばたくことはできるはずなんだ。

そして飛び立ったカルガモは、地上からはきっと優美に映る。

やっぱり夏は、地元に帰ろう。

北斗はそう思い直す。

今の自分でロウマに会おう。

東京に来て、高校生になって、大人になったつもりだった。

でもまだ全然ガキだった。ガキのまま変わっていなかった。

見つけたのは、新しい土地に来てもまたドン・グリーズの秘密基地みたいな場所を探してしまう自分だ。

「忘れ物でもあんのかなぁ……」

なにか大切なものを、あの町に置き忘れている気がした。

それが足りないから、自分は変われず、大人になれないのだとしたら——。

「……次ここに来る時は、お別れの時にしないとな」

この場所を卒業できる自分になりたいと思う。

突然ばちゃばちゃと水音がした。「うおっ⁉」と思わず仰け反る。

音の主であるカルガモは、池の中に波紋を残して飛んでいった。

「お前今ここで飛んでくか⁉　つーか飛べたの⁉」

飛び立ったカルガモの姿を目で追う。でも想像以上に速くて、すぐに見えなくなってしまった。

北斗は呆気にとられる。一瞬のできごとだった。

じわじわと、どうやら自分はカルガモにも置いていかれたと理解する。

「ははっ」

あまりのタイミングのよさに笑ってしまう。

一方的に話しすぎて見捨てられたのか。それとも「お前も頑張れよ」という意味なのか。

どちらにせよ今の自分にできるやり方は一つしかない。

表面上は意地でも涼しい顔をして、水面下では足を激しくジタバタさせる。

いつか空で翼をはためかせることができると信じて、この地上でやっていく。

「すぐ追いつくからなあああ！」

青空に向かって、北斗(ほくと)は叫んだ。

『サマー・エンカウンター』

一

不思議な少年と出会った。

この町に住む誰とも似ていない雰囲気を持つ少年だ。

なぜそう感じたのか口ではうまく説明できないけれど、出会った瞬間に違いがわかるほど、その少年はきらめく存在感を放っていた。

でも同時に、目を離すと飛び去って姿を消してしまいそうな儚さも持っている。

まるでおとぎ話の中から抜け出してきた王子さまか、妖精のようだ。

そんな少年と、平凡極まりない自分がどうして巡り会えたのか。

今でも信じられなくて、夢の中のできごとなんじゃないかと疑いたくなる。

たぶんその少年と出会ったことは一生忘れない気がする。

歳を重ねて、大人になっても、年老いてよぼよぼになっても、きっと昨日のことのように思い出せる。

根拠はなくても、どういうわけかそう信じることができたんだ。

※※※

農家の長男として生を受けた時から、鴨川朗真の人生の道筋は決まっていた。

なんでも鴨川家待望の長男誕生の報せは、その日のうちに近所中に知れ渡ったそうだ。

「よかった、よかった。元気な男の子だって」「鴨川さんとこもこれで安泰だねぇ」などと我が事のように喜んでもらえたらしい。それ自体は、とても嬉しい話だ。

ただ全員が全員、将来立派に成長して農家を継ぐ男子の姿しか、その先に見ていなかった。

自分はきっと実家を継ぐ。

継ぐんだと……思う。

しかし朗真自身は特に継ぎたいわけじゃない。というか、継げると思っていない。だって、あんな大変な仕事を、覚悟もなくできるわけがないのだ。

でも周りは、代々続く専業農家の一人息子が、その跡継ぎとなると疑いもなく思っている。

……父親からはっきり「家業を継げ」と言われたことはないけれど。

……父親の弟、つまりはおじさん夫婦も農業を手伝っていて、おじさんの家側が継ぐという選択肢もあるにはあるのだけれど。

もし目の前に、やる・やらないの二択が現れたら、その時自分は——。

明確な答えは出せないまま、朗真(ろうま)は物思いの世界から現実に舞い戻る。

黒板を見ると、随分板書が進んでいた。

急いでノートをとる。

写し漏れると周りに借りるのも一苦労する。だから頼りは自分だけだ。

走り書きで板書を丸写しすると、朗真はまた授業を聞かずに一息つく。どうにも教師の話が頭に入ってこない。

でも集中できていないのは、他のみんなも同じに見えた。

高校一年生最初の期末テストも終わり、夏休みも間近に迫っている。

教師の授業も「この先は二学期になってからでいいかぁ」とどこか気の抜けた様子だ。

外のうだる暑さに誰もが降伏状態で、溶けかけたアイスクリーム並みの意志力しか教室には残っていない。

あくびを噛(か)み殺(ころ)している生徒。目は開けているが微動だにせず意識を飛ばしている生徒。

こそこそとスマホをいじっている生徒もいる。

だらだらと淀(よど)んだ空気は、窓を開けているだけじゃ入れ替わりそうもない。

（東京の学校はもっと違った雰囲気なのかな）

それはたまに、朗真がしてしまう妄想だ。

東京の学校でもっとバリバリ勉強をして、部活にも入って、そうすれば自分の人生も今とは違ったものに――いや、自分にはそもそも無理だった。

（トトみたいに毎日勉強を頑張っていたわけでもないし）

医者を目指して小学生の頃からずっと勉強を続けていた自分の親友、御手洗北斗なら東京に行く権利もあるし、きっとうまくやれるだろう。

（トトは……別々の学校でもいいから一緒に東京に行こうって誘ってくれたけど）

でも自分が東京の学校に通うなんて想像は、まったくできなかった。

だから、地元の高校に通っている。

だから、中学時代と変わらない毎日を過ごしている。

窓の外に視線を動かす。

真夏の青い空に、白い絵の具をぶちまけたような雲が浮かんでいる。

今年もまた、長くて短い夏休みがやってくる。


高校生になってもなにも変わることがないのはわかっていたし、覚悟していた。

でも本当を言えば、高校に極々わずかだけ期待をしていた。

中学校の頃とは、なにかが変わるんじゃないかと。

でも万が一の奇跡は起こらなかった。

当たり前に変わらない毎日が続いている。

昼休み。

がやがやと皆が話しながら席を移動させたり、思い思いの輪を作ったりしながら、昼食を取り始める。

そんな中で朗真(ろうま)は、自分の席から一歩も動くことがない。

素早くお弁当箱を巾着から取り出す。

フタを開き、お箸を手に持って、合掌。

「いただきます」

今日のおかずはほうれん草のおひたし、ナスと豚肉の味噌(みそ)炒(いた)め、トマトと卵の炒め物。

白いご飯にはごま塩がかかっていて、真ん中に自家製梅干しが埋まっている。

野菜は基本的に鴨川(かもがわ)家の畑で採れたものだ。

クラスの会話をBGM代わりに、朗真は弁当を口に運ぶ。

聞き耳を立てるつもりはないが、嫌でも内容が入ってくる。

「やっぱ海行こうぜ、海！　で、今年こそナンパする！」「お前去年もそう言ってなんも声かけず帰ってきただろ」「うっせーな、今年は違うんだよ、今年は！」

「フェスまでにお金貯まりそう？」「漫画売ったらなんとか……」「あれ、単独ライブのチケットも当たってなかった？」「そっちは……兄貴の漫画を売って……」「お兄さんかわいそー」

　夏休み前ということもあって、遊びの予定が話題の中心だ。

（でも全部、僕には縁のない話だ）

　クラスの大半が参加するイベントにも、自分だけは誘われることがない。

　地元の中学出身の奴らが大半進む高校の時点で、こうなるのはわかっていた。

　ほとんどが中学時代の関係性を、もっと言えば小学生時代からの関係性を引きずっている。

　小学生の頃から浮いていて、唯一の親友がいなくなった自分に、居場所なんてあるはずがなかった。

　誰とも話さず咀嚼を続けていると、いつも一番乗りで食べ終わってしまう。

「ごちそうさまでした」

「……キモ」

　通りかかった女子が背中越しにつぶやくのが聞こえた。

「一人でなに言ってるんだろ」「ねー」

朗真は急いで弁当箱を巾着に入れ、鞄に仕舞う。

失敗した。間の悪いタイミングで合掌してしまった。

それでも、食べ物をいただく際に敬意を示すのは当たり前のことだと思う。

休み時間を九割方残してすることがなくなった朗真は、机の上にノートを広げる。

熱心に勉強する……のではもちろんない。

ノートの一番後ろから書き始めた、この夏休みの計画表を開く。

今の朗真にとって、この計画表を書くのが唯一の楽しみである。

（開店休業状態だったもんなぁ、ドン・グリーズ）

小学生時代、親友のトトと結成したドン・グリーズ。

過去から今まで二人ぼっちのメンバーでこれまでやってきた。

トトは晴れて今年から東京の高校に通うため地元を出た。

二人で作ったドン・グリーズの秘密基地を守るのは、今は朗真だけの任務になっている。

でも夏休みになると、トトが帰ってくる。

（勉強は忙しいとは思うんだけど）

進学校に進んだトトの学校では、きっと宿題も山のような量だろう。トトの場合は加えて塾もあるかもしれない。このあたりは小学生・中学生通じてずっと変わらないことだ。

だからこそ、時間を有効活用するため、朗真が綿密に計画を練るのだ。

秘密基地には、可能な日ならいつも集まることは確定。あとイベントとしてプールは外せないので、八月に組み込んでいる。

でも今年最初のイベントはもう決まっていた。

ドン・グリーズ恒例行事、二人花火大会。

去年は中学最後だというのに、買った花火のチョイスが悪くていまいち盛り上がりに欠けた。

だから今年は過去最高を更新すべく、完璧な購入リストを作成している。

安藤(あんどう)商店のおばあちゃんにも相談したら、店の裏からたくさん在庫を出してくれたのだ。

(花火のリストはこれでよし、と)

手持ち花火の充実も考えたが、今回は割りきって打ち上げ花火全振りにした。

それからもう一つ、今回はとっておきの計画がある。

唯一、金銭面に懸念点はあるが……。

(花火代は割り勘として……)

お金の計算をもう一度しよう。朗真はスマホの電卓機能を立ち上げる。

「そういや昨日さ、見たことない金髪の変な奴(やつ)がいたんだよ」

BGMとなっていたクラスメイトの会話の一つが、朗真の耳に引っかかる。

見かけない子がいた――、その話はちょうど安藤のおばあちゃんからも聞いていた。

　ここら辺に住む人は皆顔見知りだから、いわゆる『よそ者』はすぐに噂になる。

　男子たちは会話を続ける。

「それ、最近こっちに引っ越してきた奴の話じゃね？　金髪で中学生みたいなのに、学校行ってねえとか」

「ああ……だから平日の昼間にぶらぶらしてたのか。いや、昼間なのになにしてんだって昨日見て思って」

「てかお前こそ昨日は熱で学校休んでたんじゃねえの？」

「すぐ治ったから。ヒマだったし」

「寝とけよ」

「つーか金髪で学校行ってないって……とんでもない不良なのか？」

「や、めちゃくちゃガキっぽかったぞ。細いし、弱そうだし」

「なんだ、ただの引きこもりか」

「逆にそういう奴の方がヤバくね？　危ないクスリやってたり」

「……そう言われれば、目の色も変だったし、色白で、髪型も変だった……。……なんかまんま危ない奴の気がしてきた……！」

　随分想像が飛躍していた。

　本当にそんな子がいるんだろうか。

どちらにせよ、自分には関係のない話だった。

※※※

朗真(ろうま)は農作業用のポロシャツとカーゴパンツに着替える。
ズボンの裾を伸ばしてから、履き慣らした黒の長靴に足を入れる。
タオルを首にかけて、家を出た。
夏休み直前、最後の日曜日。
今日までしっかり仕事をして、小遣いをもらい切らなければならない。
(これもすべて……ドン・グリーズの夏休みのため)
家の前の坂道を下って公道に出て、今日の作業場である畑に向かう。
鴨川(かもがわ)家は山間(やまあい)にいくつも畑を持っていた。
目的地に到着し、公道より一段低くなる畑に降りていく。
ふと、人の気配がした。
嫌な予感がする。
そしてこの手の嫌な予感は、大抵当たってしまうのだ。
公道で話す声が聞こえてきた。朗真は畑からこっそりと見上げる。

……最悪なことに、同級生だった。

「やっべ、鴨川の奴また汚え同じ服だぞ」

「おいマジかよ～」

男子二人に気づかれた。朗真は下を向いてやり過ごす。

「てかお前が踏みかけたの、クソじゃね？」

「危ねっ⁉　クソを道に放置するんじゃねえぞ！　掃除しとけ掃除！」

「踏んだら同じ肥だめ野郎だったな」

「一緒にすんじゃねーよ」

ぎゃはは、と下品に笑いながら男子たちは通りすぎていった。

畑が公道に面しているから、どうしても作業中に一度や二度は知り合いに見られてしまう。

その度に朗真は言いようのないもやもやに襲われる。

（そうやって、農家全員をバカにするのか？　普段、自分が食べているものがどうやって作られているのか想像しないのか？）

「農家をバカにするなよ！」と叫んでやりたい。

でも自分は……ちゃんと農業をやっているわけでもなかった。

小遣いほしさに手伝っているだけに過ぎないから、農家の立場になってそう言う資格は持っていない。
だから吐き出せればすっきりするだろう言葉は、今はただ飲み込むしかない。
作業開始前からテンションがだだ下がりだ。
もう放り出してしまいたかったが……我慢だ。
「小遣いをもらうまでは……！」
朗真は自分に言い聞かせて、作業を始めた。

暑い。
湿度が高く地面からあがってくるむしむしとした熱気が体にまとわりつく。
汗が頭部にじんわりと滲(にじ)んで流れてくる。首にかかったタオルで額を拭う。
朗真は草刈りに使っていた鎌を置き、中腰姿勢から体を起こす。
手を当てて腰を捻(ひね)る。凝った筋肉をほぐしていく。
今度は両手を上にして伸びをした。
農家は体が資本だ。
腰の不調は、朗真が知るかぎりの農業従事者全員が経験済みだ。
もちろん腰以外にも肩、腕、膝と痛めやすいところを言い出したらきりがない。

あとはよく指の関節が痛くなる。収穫した野菜を運ぶ時に負荷がかかるのもそうだし、袋詰め作業で延々と同じ動作を続けるのも負担が大きい。

そんな風に酷使する肉体面を考えるだけでも、生半可な覚悟じゃ農業には携われない。

朗真（ろうま）はもう一度しゃがみ込む。さあ続きだ。

「――なにしてるの？」

急に声が上から降ってきて朗真は肩を跳ね上げた。

誰だ？

また同級生かと思ったが、声の雰囲気が幼い。

見上げると、こちらを覗き込（のぞこ）む見慣れない少年の顔があった。

澄み渡る青空を宝石に閉じ込めたような瞳。太陽の光をいっぱいに浴びて明るくキラキラと輝くゆるくカーブした髪。透き通る白い肌。

――見たことない金髪の変な奴（やつ）。

噂話（うわさばなし）がフラッシュバックする。

特徴は合致している。

こんな子が、何人もこの辺にいるとは思えない。だからおそらくこの少年に違いない。

噂の、危ない奴……。

目と目が合ってしまっている。今さら無視もできない。

そういえば、質問をされていた。

（えっと、なんだっけ？　なんて聞かれてたっけ？）

朗真は聞き返すこともできずに生唾を飲み込む。

「さっきからずっと作業してたでしょ？」

もう逃げ出せないと朗真は悟った。

「……は、はい。していました」

びくびくと怯えながら返事をする。

「今、なにをしているの？」

「ええと……草刈りを」

「でもそこって畑なの？」

朗真が草刈りをしていたのは、公道と畑の境目の辺りだった。

「……いや、畑の近くのここら辺もやっておかないとダメ……なんですよ。雑草の種が飛散して、畑にも飛んでいってしまうから」

「へー。草刈りって、全部手でやってるの？」

「ほとんどは機械、です。ただここだけは傾斜と起伏で機械じゃやりにくいから、手でやっているんです」

このエリアの草刈りは数年来朗真の担当になっていた。

「ふうん。一人で全部やるの、大変じゃない？」

「大変といえば、大変……ですけど」

なぜそんなことを気にしているのだろう、そう疑問に思った矢先、

「ね、手伝ってもいい？」

少年はにっこりとお日様のような笑みを浮かべている。

予想外の言葉が飛んできた。

「……は？　いやいやいやそんな手伝ってもらうなんて！」

なんだ？　どうした？　新手の詐欺か？

（手伝ったから金を寄越せとあとで請求してくるとか……）

「いいじゃん、一人より二人、だろ？」

「本当に大丈夫なん……ですけど………はい」

断る間もなく少年が畑に降りてくる。

これ以上断ると逆に怒られてしまいそうだと観念した。

「あとさ、何歳？　日本って年上・年下をすっごく気にする文化だって聞くんだけど。一年、二年早く生まれたからって、なにも変わらないと思わない？」

「……十五歳です。今年で十六歳」

「じゃあ高校一年生だ！」

「は、はい。多喜高校です」

言ってからわざわざ高校名を明かす必要はなかったと後悔する。

「僕と同い年だよ！　じゃあ、敬語は今から、ナシ！」


一旦家に戻った朗真は、少年に軍手と草刈り用の鎌、それから虫除けスプレーを貸してあげる。

「虫除けは肌にスプレーしてから、手で全体に伸ばすといい……よ」

少年は軽装だったが、本格的な農作業ではなく草刈り程度なら大丈夫だろう。

「あとタオルも……」

朗真は白いタオルを差し出す。

「綺麗なやつなんだけど……。その、人の家のは嫌だったら……」

「ありがとう！」

少年は笑顔でタオルを受け取ると、ほっかむりスタイルで頭に巻いた。

「こんな感じ？」

「ぷっ」本人の見た目と、間の抜けたほっかむりのギャップがツボに入った。

「笑うならお手本見せてよ！」

「いや、僕は普通に首にかけるだけだから」

準備を終え、二人での草刈り作業が始まる。

「草刈りって、きっと重要だよね？」

「まあ、ね。ちゃんとやらずに雑草だらけになると、野菜にいくべき栄養がいかなくなっちゃうし」

「責任重大だ……！　気合いを入れて刈るぞ～！　抜くぞ～！」

少年は意気揚々としゃがみ込んで、手を動かし始める。草を刈り、抜いていく。

朗真も自分の作業に入ろうとするが、少年の動きが気にかかる。

「おりゃおりゃおりゃおりゃ～！」

というか見ていてハラハラする。

「どうだい？　なかなかだろ？」

得意満面なところ申し訳ないけれど、朗真は指摘させてもらう。

「でも根っこから抜かない方がいいんだ」

「どうしてさ？　根から抜かないとまたすぐに生えてくるんじゃないの？」

「根から雑草を抜くと、土が締まって固くなっちゃうんだ」

「土が固くなると、どうなるの？」

「次に生えてくる雑草がより抜きにくくなっていく。それを繰り返していると、どんどん草刈りが大変になる悪循環に陥るんだ。雑草って、畑をやるかぎりずっと付き合っていくものだからさ」

「へえ。じゃあどうするのが正しいの？」

「こんな感じで」朗真（ろうま）は実際に手を動かしながら説明する。「成長点って言う、草の根元より下を目安に刈るんだ。ここを刈ってしまえば雑草はもう成長してこないから。これなら根を残して土をやわらかく保ったまま、草を刈れるんだ」

「おお……奥が深い」

少年は朗真の刈った雑草をまじまじと見つめる。

「うーん、そんなこと全然知らなかったなぁ」

むずむずとしたくすぐったさが足下から這（は）い上（あ）がってきた。

「……地下茎で繁殖する草は根を取り除いた方がいいとか、例外もあるんだけど。それは見つけたら教えるよ」

「すごいね！　プロだね！」

少年は好きなゲームの裏技を教えてもらったみたいに顔を輝かせる。

「プ、プロだなんてそんな！　家の手伝いをしているだけだしさ……」

「本当にプロじゃないか！　そういうのって確か……あれだ、サラブレッドだ！」

「い、いやぁ～、それほどでも」

言われて朗真も悪い気はしない。

「長い目で見ているのが、普通の人との違いだね」

あまりに褒めてくれるので、さらに蘊蓄を披露したくなる。

「そもそも生えないようにするのが一番なんだけどね。黒いマルチっていうのを使ったりして。ほら、畑のあの辺に黒いビニールみたいなのがあるだろ？　あれで太陽を遮って雑草の繁茂を抑えるんだ」

語っている間ずっと真剣なまなざしを向けられて、気恥ずかしくなった。

「……長々と話しちゃったけど、雑草の話なんて、面白い？」

「すっっごく面白いよ！　食べ物を育てている人って、自然とこんなに向き合っているんだね。わかっているつもりだったけど、実際にやっている人の話はやっぱり違うね。楽しいよ！」

嘘偽りなく目がキラキラしている。

それは朗真にとって、すごく意外な反応だった。

野菜の収穫をしているところなら、まだ興味を持つのもわかる。

実際小学生の頃に、クラスの女子で「家で野菜が採れるんだね」と興味を持ってくれる子がいた。

朗真はそれが嬉しくて、野菜の収穫を体験させてあげたことがある。

ただその際、ひょっこり顔を出したミミズに女の子が悲鳴を上げ、そのミミズを取り除こうと素手でつかんだ朗真を見て、さらに女の子が悲鳴を上げる惨事が起こった。後々陰で「ミミズ男」と呼ばれていたと知る、悲しい事件である。

「ここに来て、畑がたくさんある場所なんだなーってずっと思ってて」

少年は畑を見渡しながら言う。

「でもそう思っていても、畑でなにが育てられているのかとか、誰がどうやって育てているのかとか、もしかしたら、そういう事実を一生知らなかったかもしれないじゃないか」

長く住んでいれば、そのうちわかる気もするが。

「でも今日君に出会えたから、僕は昨日までは知らなかった新しいことを知れた。なんだかそれって、運命的だって思わない？」

「運命的……かなぁ。……ただの雑草の話だし」

言いたいことはわからなくはないが、それにしては自分の話した内容のスケールが小さすぎる。

少年が朗真をまっすぐ見つめる。

「……そういえば、名前なんだっけ？　まだ聞いてもなかったよね」

――危ない奴だ、ヤバい奴だ、そんな噂がある。

だから名前を教えない方がいい――なんて気持ちは、もう微塵も残っていなかった。

ここにいるのはちょっと不思議な雰囲気を持つ、太陽みたいな笑顔の、明るい少年だ。

「鴨川朗真」

朗真が名乗ると、少年はなんだかとても大事そうに「ロウマ」と名前を復唱した。

「僕は佐久間雫。ドロップって呼んでよ！」

不思議なあだ名だなと思った。

しかしすぐに『サクマ』だから『ドロップ』なのかと一人で納得した。


「終わった～！」

二人で両手を万歳させて叫ぶ。

ドロップが加わってからおよそ一時間半で、予定エリアの草を刈り終えた。

生えた草を丸刈りにされて、地面の土もすっきりと気持ちよさそうだ。見ているだけで清々しい気分になる。

大変な作業だけれど、この爽快感があるから頑張れるのだ。

今日は誰かとそれを共有できるから、嬉しさも二倍だ。

「ありがとう。ドロップのおかげで捗ったよ」

「ほとんどロウマがやったじゃないか。プロには敵わないなぁ」

「そんなことないよ。なにかお礼したいくらいんだけど……」

「いいよ、そんなの。勝手に手伝いたいって言ったんだから。お茶ももらったし」

その場に座り込んだドロップは、途中で渡したペットボトルに口をつける。

「……それよりロウマ、もしかしてまだ仕事するの？」

「うん。近所の人に配る用の野菜を採りに行くんだ」

ドロップはペットボトルに残ったお茶を一息で飲み干した。

汗で髪が額に張り付いている。

「……ついていってもいい？」

「連れてくのはいいんだけどさ。休憩してからにする？」

気持ちと体力にだいぶと乖離(かいり)がありそうに見えた。

「そうしてもらえると……助かる」

ドロップはばたっと後ろに倒れ込む。

しばしドロップの休憩時間として、その間に朗真(ろうま)は草刈り道具を片付け終えた。

「よーし、復活だ～！」

「本当に大丈夫？」

「明日は筋肉痛かもな……。でもそれがどうした……！」

映画俳優みたいに作った声で言いながら、ドロップは立ち上がる。

「じゃあ、こっちだから」

敷地内を二人で歩いていく。

道中ドロップから色々と質問された。

「ここはなにを育ててるの？」

「レタス」

「あっちは？」

「そこはナス」

「向こうのは？」

「トマト」

「野菜食べ放題だね～。ところでこの土の山はなに？」

尋ねられて、朗真はハッとする。

ドロップの視線は、柱と屋根だけの農業小屋に積み上げられた、土の塊に向けられている。マズい。

「そこは……肥料になる土を作っていて……。ま、まあここはいいから行こうよ」

作業の段取りで頭がいっぱいになっていた。

よりにもよって、この場所を横切るのを完全に失念していた。

「牛(ぎゅう)……糞(ふん)。牛のうんちだ」

さらに悪夢は続く。牛糞（ぎゅうふん）たい肥のパッケージを見つけられてしまった。

「あ……それは……」

喉がきゅっと絞られて、声が出てこなくなる。

たい肥は糞だ。糞まみれで臭い奴（やつ）だ。それは何度も朗真（ろうま）が浴びてきた悪口だった。

それがなくたって、自分の立ち位置は変わらなかったかもしれない。

でもやっぱり思ってしまうのだ。こいつさえなければ、いくらかはバカにされないで済んだかもしれないのに――。

「……臭うだろ。早く行こう」

ぼそぼそと朗真はつぶやく。

この場所と自分はなんの関係もない、そんな風を装って足早になる。

「え、全然臭くないよ？」

ドロップは大きく鼻から息を吸う。

「むしろ土のいい匂いがする」

朗真は呆気（あっけ）にとられる。

まさかそんなことを言われるなんて、思ってもみなかったのだ。

「あれ、どうしたの？」

よほど間抜けな顔をしていたんだろう。

ドロップが怪訝そうな顔をしていた。

「そうなんだよね、たい肥ってしっかり発酵させていれば、臭くはないんだ」

言葉がすっと出て、新しい空気が肺に入ってくる。

先ほどまでの息のしづらさが消えていく。

「牛のうんちが入って、きっと栄養たっぷりの土なんだろうね」

既視感があった。

誰が言ってくれたのか、すぐに記憶が蘇ってくる。

——たい肥は臭くねえよ。時間をかけて作った栄養いっぱいの土なんだろ？

「同じこと……友だちにも言われたことがあるよ」

そうだった。

昔、たい肥をネタにからかわれた朗真に、トトがかけてくれた言葉だった。

「普通の感想じゃない？」

「そう言ってくれたの……一人しかいなかったから」

ちゃんとした事実を知ってくれている人がいる。事実を事実として受け入れてくれている人がいる。そう思えたことが、どれだけ朗真を力づけてくれたか。

「ふうん。じゃ、その子とも仲よくなれそうだな。名前はなんていうの？」

「御手洗……や、トトって僕は呼んでる」

「トトかぁ。なんか呼びやすくていい響きだね」

ご近所さん用の収穫作業も終わり、最後に朗真(ろうま)は箱一杯にトマトを詰めたダンボールをドロップに押しつけた。

「えっ、こんなにいいのっ⁉」

箱を抱え、ドロップは目を丸くしている。

「いいよ。他にはもっと配ってるくらいだから」

「こんなおいしそうな採れたてトマト初めて見たよ……！」

ドロップはつやつやの赤いトマトを手に取って、うわぁと感嘆の声を上げる。

その反応に朗真も誇らしくなる。

「正真正銘の採れたてだから」

「これを食べたらもう普通のトマトに戻れないんじゃ……？」

「今後は鴨川(かもがわ)家の野菜をごひいきにしてくださーい！」

「あくどい商売してるなっ！」

いつの間にか冗談も普通に言い合えるようになっていた。

「服、ドロドロになっちゃってるけど、親に怒られない？」

ドロップは山の中で遊び回った小学生みたいな有り様で、顔にまで泥がついていた。

「ん？　ああ、大丈夫だよ。別に誰も――いや」

言いかけたなにかを飲み込んで、ドロップは再度「大丈夫だよ」とつぶやいた。

「にしてトマト食べきれるかなぁ」

「大量消費したい時、うちじゃトマトたっぷりのミートソースにしてる」

「それだ！　採用！」

ドロップは「あとさ」と言葉を続ける。

軽い口調で、でもどこか上ずった声に聞こえた。

「また、会いに来てもいい？」

初めは、随分マイペースな奴だなと思っていた。

変な噂の影もちらついて、朗真も気を張っていた部分もあった。

でももしかしたら、緊張していたのは、自分だけじゃなかったのかもしれない。

「ああ、もちろん！」

朗真が力強く言うと、ドロップはにっこりと微笑む。

その笑みはまるで、黄金に輝く向日葵だった。

二

「おい鴨川(かもがわ)。お前昨日、金髪の変な奴(やつ)と一緒にいただろ？」

月曜日の教室で、唐突にクラスメイトの男子から言われた。

可能性がゼロじゃないのは、頭の片隅によぎってはいた。

でも大丈夫だろうと高をくくっていた。

楽しい思い出をわざわざ汚したくなかったのかもしれない。

「え……」

まったく準備ができていなかったから、とっさに否定もできない。

「やっぱ本当だったぞー！」

男子は振り返って、仲間の席に戻っていく。

「あ……」呼び止めてなにか言おうとするが、もう遅い。

「げー、マジでやめてほしいよなー。変な奴連れ込むのとかさ」

「鴨川絡みかよ」

「あれじゃね、外国人の労働者」

「ふほーにゅーこくだー！」

ケラケラと男子たちは笑う。

平気で大声で話すものだから、今クラスにいる人間全員に知られてしまう。

「……変な奴、鴨川のところにいたんだって」

「……うわっ、マジ同類？」

ひそひそと話す声が朗真(ろうま)の耳にも入ってくる。朗真に聞かれようが構わないと、皆思っているんだろう。

朗真は朗真で、周りの話なんて一つも聞こえていないフリをして、下を向く。

聞こえないと思って気にしなければ、なにも起こらないんだ。

自分に言い聞かせる。

背中を丸めることしかできない自分が、惨めだった。


やたらと長く感じた一日がやっと終わる。

ショートホームルームが終了するなり、朗真はすぐに席を立って教室を出た。

今日一日で、朗真がドロップと一緒だったことがどれだけ広まっただろうか。

できればクラス内だけにとどまっていてほしい。

田舎が故なのか、こういう時に噂がすぐ学校中に広まりやすいのだ。それは避けたかった。

（また悪口を言われる材料が増えたら……）

新しいネタがあると、思い出したみたいにからかわれてしまう。

なるべく波風を立てず、新たなネタ供給をしないことが、平穏な学校生活を送るための朗真なりの処世術だった。

皆が忘れている間は、そうしょっちゅういじられることもない。

学校にいるとその話を蒸し返されるに決まっていた。今日はさっさと退散するにかぎる。

朗真のクラスの終業が遅くなってしまったので、グラウンドには他クラスの生徒の姿がすでにあった。

部活の準備をする生徒や、だらだらと連れだって学校を出ようとする生徒の間を縫って、朗真は正門へ向かう。

このまま今日は無事に帰宅できれば、あと数日で夏休みに入る。

そうなればみんなの記憶も薄れていくに違いない。

からかいの材料として定着することは、回避できるだろう。

（……なんだ？）

ふと、朗真は正門の辺りの様子がおかしいことに気づく。
必要以上に人が滞留しているのだ。
立ち止まっている生徒の姿もちらほらある。
皆、正門を出たすぐのところを見ているようだ。
「あの金髪、誰？」
「知らねー」
「金髪の変な奴がいるって噂なかったか？」
まさか、と思った。
でもきっと勘違いだと心の中で祈りながら、朗真は薄目で怖々と正門を視界に入れる。
そこにいるのは紛れもなく、昨日一緒にいた少年だった。
（なんでここにいるんだよっ⁉）
朗真は心の中で叫んだ。
ドロップは道の縁に腰かけて、ゆらゆらと体を左右に揺らしている。
まるで誰かを待っているようで……そこではたと思いいたる。
（昨日の『また、会いに来ていい？』っていうのは……）
いやいや、そんなはずはない。
きっと他に誰か友だちか知り合いがいるんだろう。

自分がドロップと再度会うとしたら、また同じように鴨川家の畑の中だ。

こんな公衆の面前で会う話は、これっぽっちも聞いていない。

こちらに横顔を見せていたドロップが、視線を正面に戻す。

ぱっ、と花が咲くように笑顔になった。

ドロップは立ち上がって、嬉しそうに手をぶんぶん振る。

(きっと自分以外の誰かだ……。後ろに誰かがいるんだ……)

朗真は自分に言い聞かせながら足を動かす。もうUターンするタイミングも逸した。こうなったら正面突破しかない。

「え、なに?」「誰かの知り合い?」

周りの会話が聞こえる。

朗真はさらに急ぎ足になる。

競歩か、もうほとんど小走りかもしれない。

正門が近づく。ドロップがすぐそこにいる。

目が合った。

「あ――」

ドロップが話し出そうとしている?

その横を無言で通り過ぎて、朗真は坂を下っていく。

（……やっぱり自分が目当てだったのか？）

疑念は拭えない。

でも、声をかけられたわけじゃなかった。

（これでいい。もし本当に自分目当てだったら、今度謝ればいい。気づかなかったたって）

振り向かないまま階段を下る。

だって、仕方ないんだ。

学校での変なからかいの材料を作られたくない。

そもそも別に、ちゃんとした約束があったわけじゃない。

だから下を向いて、ひたすら必死に足を動かす。

下を見て――いつまで自分は――なぜ自分は――下を向いて生きていかなきゃいけないんだ？

自分は、ドロップは、なに一つ悪くないのに。

足を止めた。

そしてくるりと反転し、階段を駆け上がっていく。

今来た道を逆走する。

きょとんとした顔をするドロップの元へ、走った。

心臓がドクドクと高鳴っている。

朗真(ろうま)はドロップの腕をつかむ。

「いこう！　走ろう！」

「……へ？　……なんで？」

ドロップは困惑の表情である。

「いいから！」

朗真は有無を言わさずドロップを引っ張った。詳しい話は後回しだ。

周りから視線を浴びている。きっとまた好き勝手言われる。

「どこいくの？」

すぐにドロップも自ら走り出してくれる。

二人で階段を駆け下りる。

「ええと……こっち！」

行き先を決めないまま、朗真とドロップは走る。

「本当にどこいくのさ⁉」

畑と田んぼを横目に二人は公道を走り抜けていく。

朗真が半歩だけ前を行く。ドロップがほとんど並ぶようについてきてくれる。

通る車もなければ、自転車も走っていないから、今道路を最高速で駆けているのは自分たちだ。

「まだ決めて……ないっ！」

風の音がうるさくて大声を張り上げた。

「じゃあ……なんで走ってるの⁉」

ドロップも叫び返してくる。

とっくに二人とも呼吸は荒くなってくる。

余裕がないからボリュームの調整もうまくできない。

「……さっきはごめん！　みんなに……また変なこと言われそうだったからっ！」

血液は全力で動く手足に酸素を送るのに忙しくて、頭まで血が回らない。

「なんで変なこと言われるの⁉」

「それはその……学校で、あんまり友だちがいないっていうか……浮いてるからさ！」

普通じゃ恥ずかしくて言えないことを口にしている。

「僕なんて学校も行ってないよっ！」

「そうっ……だからみんなに変な奴（やつ）って言われてる！」

「あ、僕が言われてるって話⁉」

「二人ともだよっ！」

はぁ、はぁとドロップは肩で息をしている。かなり苦しそうだ。

朗真の足にも乳酸が溜まる。足を上げるのがだるくなってくる。

逃げているわけでもないから、走る必要も本来ないのだ。

でも足は止めなかった。

「ねえ、学校行ってないのってそんなに変かな⁉　全然そんな人だっているだろっ⁉」

「ここじゃ珍しいからさ！　目立つんだよっ！」

そう、ただドロップは悪目立ちしているだけなんだ。

「だからさっ、僕みたいな浮いている奴と一緒にいない方がいいんだよっ！　僕と同類にされるから！」

「トトって友だちがいるんじゃないの⁉」

「東京の高校に行ったんだよっ！　だから今は一人なんだっ！」

「じゃあ僕と同じだ！」

一瞬だけ朗真はドロップの横顔を見る。

「それで、ロウマと同類にされるとなにか問題あるのっ⁉」

「いや……なんだろう……嫌な思いをさせちゃうかもしれないから……！」

「つまりロウマが今嫌な思いをしているってこと⁉」

「嫌な思いっていうか……！」

朗真は言葉を探しあぐねる。

考えなしに走っていると、どんどん人がいない方面に向かっていた。

見える景色は、人の手が入る畑から休耕地へと移り変わる。

ここまで来ると本当になにもなくて、だだっ広い野原ばかりになる。

今日ずっと狭い教室に押し込められていたのがバカらしくなってくる。

話の流れを一瞬忘れて、思いついた言葉を口にする。

「だいたい昨日なんで話しかけてきたんだよ⁉　暗い奴が一人で農作業してただけなのに⁉」

「だってキラキラしてたから！　話しかけたいなって思ったんだっ！」

「……誰が⁉」

「ロウマが！」

「僕が⁉」

「そうだよ！　一生懸命に作業をする姿がキラキラしてた！」

——そんな風に見られるなんて、夢にも思わなかった。

「この町で初めてそう思えたから一緒に手伝いたくなったんだっ！」

嘘だ。

ただやることもないから、家業を手伝っているだけなのに？

ありえないと思う。

でも、もし。

もし本当にそう見えているなら――。

その先に自分の進むべき道が――。

嬉しかった。

ドロップの言葉がただただ嬉しかった。

「あのさっ……もしよかったら来てほしいところがあるんだけどっ！」

周りの目とか打算とかはなにも関係なく、朗真はドロップともっと仲よくなりたかった。


朗真はドロップを先導して、山の中に足を踏み入れた。

見せたいものがある、とだけドロップには伝えている。

生い茂る木々の間に伸びる山道を歩いていく。

「わっ、涼しい」

枝や葉で日光が遮られ、体感ですぐわかるくらい気温が変わった。

汗でベトベトになった体を爽やかな風がなでる。

体の火照りがとれて、ひんやりと冷えてくる。

山道に沿ってしばらく進んだあと、コースから外れて脇道へ降りた。

「……こっちで大丈夫なの？」少し心配そうにするドロップ。

元々人がほとんど通らない山道からさらに逸れた小道は、おそらく他の誰も知らない場所へと続いていく。

一際巨大な木が見えた。樹齢は見当も付かないが、ともかく朗真よりもずっとずっと長生きしている。

大木の周りの、岩と木に囲まれた低い窪地に下りる。

「これは……」

ドロップが目を丸くしている。

大木の根元に建てられてた、ブルーシートで屋根を張った小さなテント小屋。

廃材を縄で縛って作った骨組みが外に露出していて、まあ不格好ではあるかもしれない。

しかし完全手作りながら自立する、本格的なものだ。

中は人が二人が入っても快適に過ごせるほどの広さを持つ。

そして入り口の上に取りつけられた看板には、このテントの所有者を示す名が刻まれているのだ。

『ドン・グリーズ』

朗真が親友のトトと作り上げた、二人だけの秘密基地だ。

大きな台風や、経年劣化による崩壊の危機を何度も乗り越え、小学生の頃からずっと守り続けてきた場所だった。

トトが東京に行ってからは、一人残った朗真が手入れを続け、維持してきた。

実はこうやって他人に見せるのは初めてだった。

だからすごくドキドキしていた。

ゼロから作り上げた自分たちにとっては思い入れがあっても、他人から見たらなんの感動も起きないんじゃないか——。

「すっっっげええええええええええええ！」

山中に響き渡りそうな大声でドロップは叫んだ。

「なにこれロウマが作ったの⁉」

ドロップの鼻息が荒い。想像以上の反応に、朗真のテンションも盛り上がる。

「僕とトトで作った秘密基地なんだ！」

「すごい……すごいよこれ……！」

「本来はドン・グリーズのメンバーだけしか入っちゃいけないんだけど……」

朗真はわざとらしく咳払いをする。

「特別にドロップを招待します！」

「おおおおお！　……ちなみにドン・グリーズのメンバーって誰がいるの？」

「僕とトトの二人で結成して……ずっと二人のまま。トトが東京だから、今は実質僕一人みたいなものだけど」

「二人だけの秘密基地かぁ。いいなぁ。……いいの、僕が入っちゃって？」

「もちろん！　僕がいいって言ってるんだから！」

先に中に入った朗真は、一部剥がせるようにしている天井をめくって、テント内に外の光を入れる。後からドロップが続く。

「おじゃましま～す。つ、机がある!?　テレビも!?」

中に入るなり、ドロップは一番場所を取るその存在に驚いていた。

「ゲームがつながってるけど……まさか山の中で電源つくわけないよね？」

「できちゃうんだよな～、これが」

「嘘だっ!?」

「なぜならここには……発電機があるからだ！」

「うおおおお！　未開の地にっ、電気がっ!?」

「あ、座布団使って」

床はダンボールと茣蓙を敷いているが、そのままだとよい座り心地とは言えない。

朗真は布団を丸めて作ったソファに腰かける。

「雨漏りしないの？」

「多少の雨なら大丈夫。……台風来ちゃうと流石にしんどいけど」

「じゃあ遊び放題だ！　消灯時間もない！」

「ドロップの家、消灯時間なんてあるんだ」

躾の厳しい家庭なんだろうか。

「ああ……昔は……。それより、遊び道具は他にもあるの？」

「トランプとか、花札とか、リバーシとか一通り。将棋もあったけど……桂馬の駒がどっかいっちゃったんだっけな」

「トランプとかボードゲームはよくやったなぁ」

ドロップは目を細める。

どこか、遠くにある日々を見つめるようだった。

「だからあんまりやったことのないテレビゲーム、やってみたいな～」

うずうずする気持ちを隠さず、ゲームソフトを覗き込むドロップ。

「よーし、ならとっておきをお披露目しよう！」


「あ！　違う！　だからそっちだって！」

「え、こっち？」

「逆だって!?」

「右に行ってそこでジャンプ……」

「あ、ゲームオーバーだ」

「なんでそうなる⁉　もう次は僕がやる！」

「ロウマは散々やったことあるからいいだろ⁉」

「あれ？　急に画面が暗くなったよ？」

「ケーブルの接触か。こうやれば……どう？」

「直った！　あ、でも離すとダメだ」

「じゃあ……こうか」

「そうそう……あー、離すとダメだなぁ。ロウマ、ずっと持っててよ」

「嫌だよ！　疲れるよ！」

古いゲームなのに散々二人で盛り上がった。

「遊んだ〜！」

ゲームのコントローラーを置いたドロップは、布団ソファにもたれかかって天井を見上げる。

「ひさびさだったけどやっぱり面白かったな～！」

朗真も充実した時間を過ごせた。この感覚からはなんだか、随分遠ざかっていた気がする。

ほこりが被っていたゲームたちも、久しぶりの出番で喜んでいるだろう。

「秘密基地、毎日使ってるの？」

「いや……今はトトがいないから、そんな頻繁には来てない」

一人じゃこの場所まで来るのが、どうしても億劫になる。

「もったいないなぁ。ゲームもあるし、マンガも、扇風機だってあるのに」

ドロップは室内を見渡す。

「でも夏休みにはトトが帰ってくるからさ」

朗真は自分に言い聞かせるように言う。

「そっか、何カ月かぶりの再会だ。楽しみだね」

「夏休みにやること、実は色々考えてるんだ」

それらを思い浮かべるだけで、朗真はわくわくしてくる。

「プールとか、花火大会とかさ。そうだ、よかったら聞きたい？計画。って、別に人の遊びの予定なんて興味ないか……」

「聞きたい！」

ドロップが跳ね起きる。

こっちがびっくりするくらいの反応だ。

「じゃ、じゃあ説明しちゃおうかな」

それだけ興味を持ってくれるのなら、こちらも話すのはやぶさかではない。というか、ぜひ話を聞いてほしい。

「せっかくだから実物を見せて……。あ……今日は電気屋が休みか」

あの話は実物を見ないとイメージが湧かないと思う。それじゃ面白さが半減だ。随分楽しみにしてくれているのに、それはもったいない。ならば……。

ほんの一瞬だけ「明日も会うのか？」という疑問が脳裏をかすめた。

でももう、そこに躊躇(ためら)いはなかった。

「ドロップは明日の夕方、空いてる？」

「うん、空いてるよ！」

そのやり取りは、あたかも数年来の友だちみたいにスムーズで。

「じゃあ明日は、電気屋に集合で！　場所わかる？」

朗真もまるでいつもの誘いみたいに言った。

三

翌日登校すると、予想どおり朗真の行動は噂になっていた。

「……学校に関係ない、金髪の変な奴連れ込んでさ」「……マジ？」「どういうつもりなんだろうね」

女子たちの話す声が聞こえてきて、朗真は席を立つ。

話に尾ひれがつくのはよくあることだ。訂正する気もない。

普通にトイレに行くだけだと時間が潰れない。だから他に用事があるフリをして階段を降り、特別教室のある校舎に向かう。

利用率の低いトイレは、他よりもこもった臭いがする。

ほとんど出もしない用を足し、手を念入りに洗う。

鏡に映った自分と目が合った。

昨日の秘密基地ではあれだけ笑ったのに、学校じゃ笑い方を忘れたみたいだ。

（でもいいんだ）

自分には秘密基地がある。

今日は放課後にドロップと約束がある。

だから後悔はしていない。


ドロップとの待ち合わせ場所にした町唯一の電気屋は、朗真が物心ついた頃からおじいさんの店主が営む小さな店だ。

客が入っているところをあまり見たこともなかったが、御用聞きや修理請負で長年の顧客には重宝されていたらしい。

その店も、ついに店主の体力的な問題から閉店することになった。

入り口には赤字ででかでかと『閉店売り尽くし』の文字が躍る。

ショーウインドウには所狭しと『長い間のご愛顧ありがとうございました』『閉店いたします』『店じまいセール中』の文字が張られ、絶賛在庫処分の真っ最中だ。

先に着いた朗真は、ほとんどショーウインドウにへばりつくようにして、ある商品をじっと見つめていた。正直なところ、もう見飽きるくらいに眺めている。

真っ赤な体躯（たいく）のドローン。

カメラが付いた胴体部分は五百ミリリットルペットボトルほどのサイズ感。そこから四本のアームが伸び、それぞれの先端には白いプロペラがついている。四本足で棚に鎮座する姿は、町の電気屋に似合わぬメカメカしさだ。

新しもの好きの店主が仕入れたらしいが、客層に合わないためかずっと売れ残っていた。

「それ、買うの？」

いつの間にかドロップが背後にいた。

声をかけられて振り返るまで、まったく気づかなかった。

「あ……ああ、そうしたい……んだけど……実は迷っているんだ。で、早速計画の話なんだけど！」

朗真（ろうま）はドロップに、今年のドン・グリーズ花火大会について話し始める。

安藤（あんどう）商店で大量の打ち上げ花火を購入し、その打ち上げた花火を、ドローンを使って空撮するという計画も披露する。

ノートに書いた花火の購入予定リストも見せてあげた。

「すっごい楽しそうだね！　絶対やった方がいいよ！　どんな映像になるんだろうなぁ」

ドロップは誕生日プレゼントを待ちきれない子どもみたいに足をジタバタさせて興奮している。

朗真の中でもますます計画への自信が湧いてくる。

「ただ……」

何事も問題がまったくない計画というものは、存在しないのだ。

「ちょっとこのドローンのお値段が……高いんだよね」

「……確かに」

値札を見たドロップが「うげー」と言い出しそうな顔をする。

「打ち上げ花火の量を削ればいけるんだけど、それだと肝心の花火がしょぼくなっちゃうんだ。……でもドローンいいよなぁ〜。ドローンだよなぁ。花火は妥協して」

ずっと決め切れなかった朗真だが、ドロップの反応で腹を決めた。

「よし、花火を削ってドローンを買おう」

「待って。もう少し、いい方法があるかもしれない」

ドロップは顎に手を当ててドローンを鋭い眼光で睨む。さながら謎を解く名探偵だ。

「いい方法って？」

「閉店セール。すでに一割引き→二割引き→三割引きされているドローン。閉店の八月二十日までは残り一カ月。最後、閉店までにもう一回は値引き、あるよ」

「あ、あるかな？　もうだいぶ値引きされているけど……」

「最後の一押しがある。ギリギリまで値下がりを待とう」

「でも誰かに先を越される可能性も……」

「だからこれはチキンレースだよ」

ドロップはショーウインドウに手をつき、不敵な笑みを浮かべる。

「値段を毎日チェックしよう。それから他に買いたそうにしている人がいないかも確認しなきゃ。そしてここだというタイミングで……ドローンを買う！」

ドロップがずいと朗真（ろうま）に顔を寄せる。

「目指すべきなのは、最高に派手な花火を最高にいい映像で撮影することだろ！　妥協なんてしちゃダメだ！　その先に進んで初めて、一夏の最高の宝物が手に入るんだ！」

——一夏の最高の宝物。

その表現は驚くほど胸にじんときた。

「それだよドロップ……！　もうそれしかない！　それしか考えられない！」

夜空に何発、何十発と打ち上がる花火。

花火の間を縫うように舞い上がるドローン。

その花火を下から、横から、そして真上から見た映像。

机上の朗真の計画に色が付く。音が聞こえる。心が躍る。

脳裏に広がった光景は、まさに最高の宝物だった。

「ありがとう！　相談して本当によかったよ！」

「二人の花火大会、すごく楽しみにしているんだね。顔を見てたらわかるよ」

「まあね。毎年恒例だけど、特に今回は気合いが入ってるんだ」

「トトってさ、どんな子なの？」

ふと思いついたように、ドロップが聞いてくる。

「えーと、小学生の頃から医学部目指して勉強してて、すごい頭よくてさ。高校も東京の進学校に受かって」

ドロップは前のめりになって「うんうん」と頷く。

「……そんなに興味ある？」

「ある！　もっと聞きたいくらいだよ！」

「じゃあ――」

人の友だちの話がそこまで面白いだろうか、そう思いながらも、朗真は話し始めた。

※※※

物心ついた頃から、朗真は当たり前のように農作業を手伝っていた。

ランドセルを背負う頃には農具も随分使い慣れ、大人たちからもよく褒められた。

ただその一方で、同級生にからかわれ始めたのもその頃だった。

ロウマの家は町から少し離れた山間にあって、同じ年代の子どもに出くわすことはそうはない。

ただ、いくつも持っている畑のうちメインの農地は、よりによって同級生たちの通学路に面していた。

おかげで農作業用の不格好な服を着ていたり、泥まみれになったり、そんな格好悪いところを目撃されては、からかいの材料にされていた。

小学三年生になって、初めてトトと同じクラスになった。

優等生のトトのことを、朗真は前から一方的に知っていた。前の年両親が離婚したとかで、やたらと噂になっていたというのもある。

トトが話しかけてくれた時のことを、今でもはっきりと朗真は覚えている。

「たい肥って牛とか豚のフンなんだろ?」「くせえ、くせえ」

いつものように同級生にからかわれ、なにも言い返せずにうつむいて逃げ出した自分に、トトは言ってくれたのだ。

「たい肥は臭くねえよ。時間をかけて作った栄養いっぱいの土なんだろ?」

それがどれだけ当時の自分にとって嬉しい言葉だったが、とてもじゃないが言い表せないほどだ。

「……ちゃんと本当のことを、なんでも知ってるんだね、すごいね」

その日から、朗真はトトと友だちになった。

トトは塾に通っていたので、遊ぶのは決まってトトの塾が休みの日だった。

朗真も合わせて農作業をサボって、二人で遊んだ。

そのうちどちらから言い出したのか、二人で秘密基地を作り始めた。

休耕地に放置された廃材やビニールシート、使わなくなった扇風機などを持ち寄って、朗真の家の近くの山へ入った。

そこに朗真とっておきの場所があった。

狭い山道から脇に降りた、同級生たちは絶対に知らない秘密の場所。

秘密基地を作るなら、ここしかない。

そして二人協力して、子ども二人がようやく身を寄せ合って入れる程度の小さなテントを完成させる。

扇風機をどこに設置するかで揉めてたこともあった。

恨みっこなしのじゃんけん三本勝負をしてからやっと気づいた。

「つーか、扇風機あっても使えなくね？」

「本当だ、電気がないんだった」

間の抜けた自分たちの行動がおかしくて、二人でお腹がよじれるくらい笑い転げた。

「ドン・グリーズだ」

ある日、英語塾から戻るなりトトが言った。

「俺たちにぴったりの名前だ」

チーム名をつけるなんて発想は朗真になかった。流石トトだ。

できたチーム名が嬉しくて、朗真はさっそく板に名前を彫った。

小さなドングリを二つ板の上にくっつけて、ドン・グリーズの看板を完成させた。

それから年月をかけて木材を集め、柱を増やし、ついにはただのテントからちょっとした小部屋のような秘密基地へと拡大していく。

トトは中学受験に向けて、姉が昔使っていた学習机まで運び込んだ。

ドン・グリーズを結成して以来農作業から離れがちだった朗真も、親と交渉して久しぶりに農作業を手伝った。その報酬として、発電機を手に入れたのだ。

初めて電気が通った感動は、ジャングルの奥地に初めて点いた電灯と同じくらいの衝撃があったんじゃないかと思う。

これでトトのスマホも充電できるし、ゲームもできる。

そして、扇風機だって使える。

最初に秘密基地を作り始めた頃に持ち込み、ずっとそのまま基地の中の装飾品になっていた扇風機。

電源を入れる際は、ちょっとした点灯式のようで、二人一緒に「せーの」でタイミングを合わせてスイッチを押した。

しかし何度押しても、コンセントを抜き差ししても、扇風機が動くことはなかった。

「……この扇風機、壊れてるんじゃねえのか？」

「だから納屋に置きっぱなしだったのか」

ただのくたびれもうけなのに、おかしくておかしくて二人でまた笑い転げた。

この扇風機を持ってきてよかったな、なんてバカなことまで思った。

トトに出会うまでは、ただ暇を持て余して農作業を手伝っていただけだった。

でもドン・グリーズができて、同級生たちにからかわれてまで無理に農作業をする必要もなくなった。

他にやりたいことがあるわけでもない。

むしろやりたいことなんてなさすぎて、ドン・グリーズがなかったらどうしようか途方に暮れる毎日だっただろう。

暗い山の中にある、風も通らぬ窪地(くぼち)にできた小部屋こそが、朗真(ろうま)の居場所になったのだ。

※※※

秘密基地まで歩きながら話しているうちに、朗真も昔の記憶が蘇って楽しくなってきた。ドロップも「それで？　どうなったの？」と興味津々に質問してくるので、結局着くまでに話し終わらず、基地の中でも話し込んでしまった。

カラカラになった喉にコーラを流し込む。

しゅわしゅわと弾ける泡が気持ちいい。

途中の自販機で飲み物を買おうとすると「飲み物の王様はコーラだろ！」と言うドロップにより半ば強制的に二人ともコーラになった。よほどコーラが好きらしい。

「すごいなぁ……」

ドロップは冒険譚を聞き終えたみたいに満足げだった。

「大親友なんだね」

まっすぐ目を見て言われると流石に照れ臭かった。けど、そのとおりだ。

「ああ、親友だよ。トトは頭がよくて、物知りでさ、格好いい奴なんだ」

だからきっと、東京でもうまくやっていると思う。

「友だちだけど……尊敬もしてるんだ」

「いいね、その関係。うらやましい」

もう一度ドロップは「うらやましい」とつぶやく。

そこにはなにか、とても深い感情が隠れている気がなぜだかした。

「ドン・グリーズには長い歴史があるんだね。……僕もそんな歴史を一緒に作れたらよかったんだけど」

そしてどうしてか、自分にはもうそんな機会がないとでも言いたげな気配が、ドロップの言葉の節々にある。

これから、いくらでも時間はあるだろうに。

「もうすぐ、ドン・グリーズ再会だね」

「うん、夏休みになったらすぐ帰ってくるって言ってるから」

「やっぱり二人の時間、邪魔しちゃいけないよね」

ドロップはさみしそうに笑う。

すぐそこにいるはずのドロップとの距離を、届かないくらい遠くに感じる。

その少年は強い光を放っている。

なのに今すぐ消えてしまいそうな儚さも併せ持っている。

そんな人間、朗真は見たことがない。

ぼんやりとした正体不明の焦燥が押し寄せた。

手を伸ばさなければドロップはどこかに行ってしまう、そんな気がしたのだ。

確かに、ドン・グリーズは二人だけのものだった。

勝手なことをすると、トトが文句を言うかもしれない——いや、違うか。

トトがそんな奴じゃないことは、自分が一番よく知っていた。

「邪魔なんかじゃないよ」

朗真は手を差し出した。そして言う。

「ドロップはもう、ドン・グリーズの一員だろ？」

その時見る見るドロップの顔に広がった表情。

ああ、たぶんこれを、満面の笑みって言うんだろう。

そしてその笑みを前にすると、自分もまた自然と笑顔になると知る。

笑顔が笑顔を呼ぶ。

ドン・グリーズの看板に三つ目のドングリを追加しなきゃなと、朗真はその時思った。

四

夏休みに突入した。

今日ついに、トトが帰ってくる。

ドン・グリーズのメンバー全員集結となる日だ。

「いきなり受け入れてくれるかな……？」

朝に顔を合わせたドロップは、不安げな様子だった。

「大丈夫だって。ドロップはいつもどおりにすればいいから」

「いつもどおり……わかった」

「じゃあまたあとで」

ドロップにはそう言ったが、実は内心ほんのちょっとだけ、不安に思っていた。

（いきなりすぎるもんなぁ……）

事前に言っておいた方がよかっただろうか、でもスマホのやり取りじゃ伝わらないこともあるし……などと考えているうちに結局当日になった。

まあ、あとはなるようになると開き直る。

午前中には花火も買いに行かなければならない。

今日はやることが山ほどある。


「実は、紹介したい人がいるんだ」

トトと久しぶりの再会を果たした朗真はそう切り出した。

「へえ……えええええええ紹介したい人ぉ!?」

トトはメガネがズレるくらいに大げさなリアクションをする。

「お前まさか……ちょっと会わない間に……彼女が……」

「違う違う」

大きな勘違いをしていたので首を左右に振る。

「えーと、どう紹介したらいいかわからないんだけど……あ」

待ち合わせ場所に、ドロップが走ってやってきた。

「おーいロウマ！　それと君がトトだね！」

笑顔でぶんぶんと手を振るドロップ。

朝不安そうだったのはなんだったんだ。いつもどおりすぎる。でもきっと「え、でもロウマがそう言ったよね？」と平気な顔で言うんだろう。

まだ短い付き合いだけど、だんだんドロップのことがわかってきた。

「だ、誰っ!?」

目を白黒させるトト。

まあそりゃそうだ。

でもなんだかそのトトの反応が面白くて、もう細かい説明も省いていいやって気がしてくる。

「こちら、ドロップ！　ドン・グリーズの、新メンバーなんだ！」

「はぁ⁉　……はぁ⁉」

「二回言ったね」

にしし、と笑うドロップはイタズラに成功したみたいに嬉しそうだ。

「いや俺は誰かも全然知らねえし！」

「でも僕は知ってるよ」

「なんで知ってんだよ！」

「ロウマに聞いたから」

「おい、ロウマっ！　勝手に教えるなよっ！」

「すごく格好いい奴だって話、たくさん聞いてるんだ」

ドロップが言うと、

「……え？」

トトの顔が一瞬でふやける。

「え、あ、そう。格好いいって、なるほどなるほど」

まんざらでもなさそうだ。

「あと、頭もすごくいいって」

「いやまあ、大したことはないけど……」

「だからすごく、友だちになりたかったんだ！」

ぐいぐいとドロップに迫られて、トトは鼻の下を掻きながら目を逸らす。

トトと朗真の目が合った。

「……まあ、お前の友だちは、きっと俺の友だちだよ」

不安になる必要なんてなかった。

東京に行っても、髪型が変になって帰ってきても、トトはトトだった。

それと思った以上にトトとドロップの相性もよさそうで、きっと二人はすぐ仲よくなるだろう。

——もしかしたら、今年はいつもとは違う夏休みがやってくるかもしれない。

朗真はそう思いながら、言った。

「じゃあみんなで行こう！　ドン・グリーズの秘密基地へ！」

『チボリ・オケージョン』

一

「――越してきたばかりでまだわからないことだらけですが、よろしくお願いします」

お辞儀をする。

頭のてっぺんで拍手を受け止めて、ゆっくり顔を上げる。

中学校に入学して初めての自己紹介。

黒板の前に立つ自分に、全員が注目している。

（あー、緊張してるなぁ）

自分を観察するように心の中で実況中継をする。そうするとほんの少し落ち着く。それは経験からなんとなく学んだ知恵である。

（真顔じゃなくて笑顔で。にっこりと）

浦安（うらやす）千穂里（ちぼり）が引っ越すのは、物心ついてからこれで三度目だ。

いくらなんでも、ちょっと多い。

　しかしお父さんの仕事の都合なので、どうすることもできない。

「え～また引っ越し～」とぶーぶー言ったところで転勤が取りやめにならないのは、もう千穂里にも理解できていた。

　今度は小学校卒業と同時に県をまたぐことになった。

　お母さんは「三回目だし、もういいかげん慣れたよね」「千穂里ならどこでもうまくやれるよ」なんて呑気なものだ。まったく、簡単に言ってもらっては困る。

　誰一人として知り合いがいない場所にいきなり放り込まれる娘の身にもなってほしい。

　新しく住むことになった町は、これまでで一番の田舎町だった。

　マンションのような高いビルがまずない。建物の多くが住戸で、あとは農家の倉庫みたいな施設があるくらいだ。お店も二階が自宅になっている個人商店がほとんどである。

見たところ一番大きい建物は学校の校舎で、その次が町役場じゃないかと思う。木の電信柱が多いことにも驚かされた。

　周囲は山に囲まれていて、ちょっと開けた場所だと思ったら畑が広がっている。

　転勤を機会にせっかくだから自然豊かな場所で学びを、という意図らしい。いかにも大人が考えそうなことだ。

　自然が好きだなんて、これまで千穂里は一度も口にしたことないのに。

　大事なことを両親は勝手に決めがちだ。

わたしの意見も聞いてよ、と文句をつけたい。

しかし千穂里のためを思って、両親にとっても不便なこの場所を選んだのはわかるのだ。

次第に駄々をこねるのも、どうにも子どもっぽい気がしてくる。

結局、千穂里は毎度もやもやを抱える羽目になる。

そして——、千穂里は今こうしてみんなの前に立っている。

じろじろとたくさんの目が自分をとらえている。

（動物園に展示されたみたいだ……）

どうも教室にいる大部分が、同じ小学校からの持ち上がりらしい。

だから皆、初顔に興味津々なのだ。

千穂里は一人一人の顔をさも見ているように振る舞いながら、みんなの頭部辺りに視線を合わせて教室を見渡す。

（嫌われませんように……。嫌われませんように……）

心の中でぶつぶつ唱えながら、笑顔を保つ。

受け入れてもらえるだろうか。

いけ好かない奴だと目をつけられないだろうか。

不安な気持ちを、深呼吸して飲み込む。

休憩時間になると、早速クラスの女子を中心に取り囲まれた。外周には男子もいて、千穂里を中心に大きな円になる。

他のみんなは「おーっす」とか「この間さー」とか親しげな様子でお喋(しゃべ)りをしている。顔見知りのいない千穂里だけが珍獣みたいだ。

「ね、ね、前はどこに住んでたの？」

「小六までは熊本。その一個前は大阪。でも生まれは東京だった」

「すごーい」「引っ越ししまくりじゃん」

「大阪とか東京とか都会だなぁ。浦安(うらやす)さん都会な感じがするもんね」

「そ、そうかな？」

「でも熊本には勝ってるんじゃない？　熊本って山だらけ？　熊は出るの？」

「熊本市内だったから、普通の地方都市って感じ。あと、熊本に熊はいないはず」

「嘘(うそ)だろ……。熊本なのに……ショックだ」

「なんかごめん」

「『普通の地方都市』って言い方で負けな気がするけど……徒歩圏内にコンビニあった？」

「そりゃ、まあ。大きいビルもたくさんあるし」

「それって……コンビニって言ってるだけの、夜八時閉店の個人商店じゃなくて……？」

「二十四時間営業のコンビニ」

「おい、俺たちボロ負けだぞ⁉」「都会人だ……！」

普通の受け答えが、なんだかウケていた。

いつの間にか質問コーナーになだれ込む。

「はい！　彼氏はいますか⁉」「いたら遠距離恋愛じゃん！　やべぇ！」

「黙れ男子！　浦安(うらやす)さん、こんな奴(やつ)は無視していいからね」

「あ……うん」

初っ端(しょっぱな)からそんな質問がきてドキドキした。

「……ちなみにいません」

「浦安さんに気を遣わせんなよお前！」「ごねんね、いきなりキツいノリで」

「答えなくてよかったやつ？」

「まあ、浦安さんが変な質問でもスルーしない、いい子って知れたね」「えー、でも引っ越しで昔の友だちと会えないのさみしいよね」「仲いい友だちっていた？」

「そう、だね」

何人かの友だちの顔がぼんやりと浮かぶ。

また遊ぼうねと約束して連絡先を交換したけれど、まだ別れてからは一度も連絡を取り合っていない。

距離ができて会わなくなると、知らない間に心の距離まで離れてしまったみたいになる。

（仲がいいと思っていても、向こうはもう忘れているかもしれないし……）

「浦安さん悲しそうな顔しないで！」「そうだよね、友だちと離れるの辛いよね」

千穂里が言葉に詰まっているのを、違う意味でとらえてくれたみたいだ。

「わたしたちのこと、もう友だちって思ってくれていいから！」「そうそう！」「なんでも言ってね！」

勝手に構えていたけれど、みんなすごく温かい。

「じゃあこれから、チボリって呼んでよ」

千穂里は続けて言う。

「みんなと仲よくなりたいから」

わっ、と歓声みたいな声が上がる。

「もちろんだよ！　よろしくね、チボリ！」「チボリみたいな子と友だちになれて嬉しい！」「東京のことも教えてほしいなぁ」

みんな笑顔になって、体感でさっきより十センチくらい体の距離が近づいた気がした。よそ者を警戒していたのはみんなも同じかもしれない、とその時気づく。

「え……じゃあ俺も……チ、チボリ」

女子だけじゃなく男子もそう呼んでくれる。確か、この子は……。

「あ、大平君だけは噛んだからナシで」

「ちょい待って⁉　甘噛みだからセーフじゃね⁉」

どっと笑いが起こる。

いじっても大丈夫そうなキャラだという勘が当たったらしい。千穂里はほっとする。

「てかまだほぼ喋ってもないのに、俺の名前を覚えてるっていうことは……」

「大平、キモいよ」「その程度で勘違いしてんの？」

「はぁ⁉　わからないだろ⁉」

「じゃあ、今ここで聞くの？」

「そ、それは……」

「あの」と千穂里は手を挙げる。「クラスみんなの名前はもうだいたいわかると思う」

「……え？　初日で覚えたの？」「全員は天才だろ」「記憶力よすぎ」

「全然そんなことないよ、覚えようとしただけだから」

クラス名簿の用紙が配布されてから、必死に席順と照らし合わせて暗記しただけである。

しかしみんなはすごく好意的にとらえてくれた。

「チボリって……めちゃくちゃいい子？」「可愛くて性格もいいとか」「最高じゃん」

「ほ、褒めすぎだよ」

いくらなんでも照れ臭くなってくる。

「これが本物か……。全然違うなぁ……田舎の女子とは」「なんか言った？」「ひ、独り言だよ、独り言」

それからも質問会は続く。

どこに住んでるの？

国道沿いの――。

すごい！

前はどういうところに住んでた？

マンションで――。

高層階！　すごい！

引っ越しってどうやるの？

トラックで――。

ダンボールがたくさん！　すごい！

評価基準がおかしくなって、全然自分が関係ないことでもすごいすごいとおだてられた。

あとで失望されないか、怖くなってくる。

また次の質問が飛んでくる。

「ねえ、なにが好きなの？　趣味とかさ」

写真——という答えがぱっと浮かぶ。

でもなんとなく暗いイメージだし、まだ自慢できるほどのものでもないし、とかそんな考えがよぎって、ブレーキがかかった。

「音楽、よく聴くかなぁ」

「なんか大人だ！」「どんなの聴くの？」

「えーと——」

話ながら「写真」と答えてもよかったかなという考えが、頭の片隅にこびりつく。

別に嘘じゃないし、嘘をつく気もない。本当に音楽は好きだ。

でも自分をよく見せたくて、つい取り繕ってしまった。

わざわざ墓穴を掘らなくてもいいのに。

けれど変な子だって、思われたくなかった。

みんなからは、取っつきやすいと思ってもらえたみたいだ。

放課後にみんなが帰り支度を始める中、誰か一人が千穂里(ちぼり)へ質問すると、釣られて他の子たちも集まってきた。質問コーナーの再開だ。

「方言を喋(しゃべ)れるわけじゃないの?」

「お父さん、お母さんってどこ出身?」

「習い事はやってた?」

「チボリちゃんって、スポーツ得意?」

話しかけられないより、関心を持ってもらえる方が何倍も嬉(うれ)しい。

千穂里は一つ一つの質問に答えていく。

「こっちに来て驚いたことあった?」

「えーっと、信号少なすぎ」

「そんなとこに驚きポイントがあるんだ——あ」

「ねえ」

会話の流れをぶった切って、一人の女子が円の中に割って入ってきた。

他のみんなが自然と、その女子と後ろについてきたもう二人の女子のスペースを空ける。

それを見ているだけで、発言力が強そうだというのがわかる。

「部活って、なに入るか決めてる?」

「ううん、まだ全然」

「じゃあ一緒にバレー部、見にいかない？　あたし、二年生も三年生もよく知ってるからさ」

上級生と知り合いであるだけで、その子までちょっと大人に見えてくる。

運動系の部活は頭になかった。

でもせっかく誘ってくれたのに、いきなり拒むのは感じが悪い。

「うん、いこ」

「オッケー、なら明日。体操服、持ってきてね」

「わかった」と千穂里は頷く。

そこではたと、他のみんなが引いていく気配を感じた。

あ、そのグループに入るんだ、とでも言うような雰囲気。

（もしかして……入るグループが決まったと思われた？）

「……でもわたし、なるべく色んなところ見学したいっていうか、もう全部の勢いで見にいきたいって思ってるから、見学だけになっちゃうかも」

「いいよ、もちろん」

慌てて千穂里が付け足すと、周囲が少しだけほっとしている気がした。

※※※

部活を全部見て回りたいと口にした手前、本当にすべての部活に顔を出す羽目になった。

入学早々まさかの展開である。

翌日からは日替わりで部活を回りまくる忙しい生活になった。

陸上部では熱心に先輩から誘われた。

「浦安さんが入ってくれると……なんか今後のためにいい気がする！」

卓球部で意外な才能を発見した。

「ホントに経験者じゃない？　球際のセンスよすぎない？」

将棋部は男子しかいなくて見学に行くとびっくりされた。

「ま、ま、まさか入部……しないよね？」

おかげで図らずも顔見知りが一気に増えた。

「浦安さん、今日も見学にきてよ！」

「今日は別の予定があるので……」

「一緒のところ入ろうよ、チボリちゃん」

「うーん、まだ迷っているんだ」

校内を歩いていると、上級生にも同級生にも声をかけられる。

早いところ入る部活を決めないと、気疲れしてしまいそうだ。特に三年生の先輩から声をかけられると、思わず背筋が伸びるので余計に消耗する。

その中でもっとも熱心に勧誘されたのが、最初に見学をしたバレー部だ。

「浦安さん用のロッカーの場所も決めてるから」

「そ、それは早すぎなのでやめてください……」

勧誘に熱心というか、圧が強い。

初日に千穂里を誘ってくれた子——玲奈にバレー部に連れていかれた時の、先輩からの「このまま入部するよね？」圧は、気の弱い子にとってはなかなか毒になりそうだった。

色んな意味で強い女子がバレー部に集まる、というのがこの学校の伝統らしい。

どういうわけか、気づかぬうちに千穂里の外堀も埋まり始めていた。

「チボリちゃんはいつバレー部に正式に入るの？」

クラスメイトに不意に聞かれて、びっくりした。

「え、なんで？　わたしが入るって、誰かが言ってた？」

「言っては……ないかな。でも運動神経もいいし」

「運動部は他にもあるじゃん」

「けどうちで大会に出てまともに戦えるのって、バレー部くらいだし」

「だから戦力になれってこと？」

「なるんだろうなぁ、って。あ、勘違いだったらごめん」

「いやいや、全然いいんだけど。……わたしって、そんなにバレー部入りたそうな雰囲気、出してた？」

「入りたそうっていうか……入ってそう」

もはや半ばバレー部に足を突っ込んでいると思われていた。

そんなこんながある中、今日は美術部の体験入部（三回目）である。

「また来たんだねー」と先輩たちはゆるゆると千穂里を迎え入れてくれた。

ここではガツガツと勧誘の雰囲気もなくて、心地よい。

なにより、体験する中で一番ピンときたのだ。

絵心はないし、技術的なこともよくわかっていない。

だけど真っ白な画用紙に向き合っている時間は、悪くないものだった。

自分と画用紙とモチーフに集中すれば、他のものを気にしないでよくなる。それがいい。

周囲のことを忘れて、自分の世界に浸っていても誰の迷惑にもならない。

なににも邪魔されず、自分の見たものと表現したものが、すべてになるのもいい。

「チボリちゃん」

「あ、沼田（ぬまた）さん」

備品の画材を借りようと美術準備室に行くと、クラスメイトがいた。

「また体験にきたの？」

「そうなんだー、わたしの体験入部回数、最多だね」

彼女は、千穂里と違って早々に美術部への入部を決めていた。

イラストやマンガが好きで、中学生になったら入ると元から決めていたらしい。

「そうやって一人で回数を比べられるのチボリちゃんくらいじゃない……？　体験入部で全部の部活制覇なんて、普通は誰もやらないよ」

「でも楽しかったよ。わたし、意外と卓球の才能あったみたい」

ちょっとした自慢もできた。

「やっぱりチボリちゃんは違うなぁ」

沼田さんのセリフに少し距離を感じた。

「……違うかな？」

「だって部活に入ることがみんなに注目されている子なんて、いないでしょ」

「たまたま、色んなところを回ってたから」

「エースになること、期待されてるもんね」

「やめてよ～。プレッシャーだよ～」

「エースっていうか、アイドルか」

「アイドルも重いよ」

「バレー部のアイドルって、ぴったりだと思うよ」

「……そんなにバレー部っぽく見える？」

ほんの少し声が強張（こわば）ってしまった。

「あ、うんと、チボリちゃんがバレーをやってそうってことじゃないんだけど。……そういう子たちと集まってるから」

「玲奈（れいな）たちとか？　別に遊びに行ったこともないよ」

「でもよく話している気がして」

話してはいるが、よく一緒にいるわけでもなかった。

だけど玲奈たちは連れ立つ人を選別しているきらいがあって、普通に話しているだけで相対的に仲よく見えるんだろう。

「チボリちゃんてこっちじゃないし」

「こっち？」

「えと……なんていうか……」

「あ、ごめん。怒ってないよ。って言ってる方が、怒ってるっぽい？」

笑顔を忘れて、問い詰める感じになっていたかもしれない。

「沼田さんの話を聞きたいだけだから」

千穂里が言うと、沼田さんは安心したみたいに頬（ほお）を緩めた。

「チボリちゃんって、明るくて誰とでも話せて、男子とも仲よくて。そういう……派手な子たちと一緒にいるんだろうな、って見えるから。……あの、勝手なことべらべら喋っちゃったけど」

「あー、いやいや大丈夫だよ」

沼田さんの背中をぽんぽんと叩く。

「そっか〜。そうだよね〜。……だから結局、美術部にも入らなそう？」

申し訳なさそうに眉をハの字にして、沼田さんはこくんと頷いた。

沼田さんには全然まったく、これっぽっちも悪気はないと思う。

ただ自分が、そう見えてしまっているだけだ。

はぁ、と千穂里は肩を落とす。

確かにわかるのだ。

美術部は大人しい子たちが集まる場所、という感じがある。

傍から見れば、自分は少々浮いているかもしれない。

(沼田さんからすると、わたしは派手な子に見えるのか……)

しかし自分が、玲奈のようなクラスで発言力のある子と同類かというと、それもまた違うと思っている。

じゃあ、自分にとってどこが正しい居場所なんだろうか。

少し振り返ってみる。

転校は小学校に入る前に一度。

小学校の途中でもう一度。

その時々で友だちはできる。

けれど引っ越してしまえば、それで終わってしまう。

誰でもそんなものかもしれない。

だけど引っ越しを繰り返しても、どうしても離れたくない場所を見つけられない自分が、間違っている気がする。

この世界のどこを探したって、自分がちゃんと収まる場所が見つからないんじゃないか。

それはすごく怖い妄想だった。

自分は将来も、世界に一人取り残されてしまったみたいに、ぽつんと立ちすくんでいるのではないか。

胸が詰まった。

周りのものがどんどん自分から遠く離れて、偽物みたいに色あせていく。

自分はこんなにも脆(もろ)い。

なのにどうしてか、今は評価が過剰になっている。

(みんなが期待するとおりに動けば……)

周りの望みどおりに振る舞えば、そのうちしっくりくるものなんだろうか。

「……大丈夫、チボリちゃん？」

「あ、うん。なんでもないよ」

目を合わせられなくて、校舎二階の窓から、グラウンドを見渡す。

放課後、運動部の生徒たちが、それぞれの練習着で準備を始めているところだった。

ふと、グラウンドを駆け抜けていく、制服姿の二人が目に入った。

なにがそんなに面白いのか、大きく口を開けて二人で笑っている。校門目指して、一目散に走っていく。

すごくいい構図だと思った。

思わずカメラを構えたくなる。けれど距離的にスマホじゃ無理があった。

野球部や陸上部の統一された練習着の生徒たちが、グラウンドを広々と使っている。傍から見れば、放課後のグラウンドは彼らのものだ。

しかし多数派では絶対にない二人が、少数派であることなど露とも気にしない様子で、その空間を突っ切っていく。

今グラウンドで一番に躍動しているのは、制服姿の二人なのだ。

それがなんだか痛快だ。

ああ、この一瞬を切り取りたい。

もう二度と訪れない、絶妙なバランスが取れたこの瞬間を閉じ込めて、残したい。

「あ、ドングリだ……」

つぶやいた沼田(ぬまた)さんの視線から推察するに、あの二人のようだ。

「ドングリって、なに？」

「あの二人、ドングリなんとかって自分たちに名前をつけて遊んでるんだよね……。中学になってまで、そんなこと言ってないと思うけど……」

二人は正門から出ていき、もう見えなくなっていた。

「なんか、今のすごいよくなかった？　運動部が部活をやっているのに、関係ない二人ががーっと突っ走っていくのが、絵になるっていうか」

「ええと……そうかな？」

鼻息が荒すぎたためだろうか、沼田さんは若干引いていた。

「……ごめん、変なこと言ったかも」

(伝わらないよなぁ)

一人で興奮しすぎるよくないクセが出た。

いきなり言い出しても、意味不明だろう。

でも写真に収めて一つの作品として見せたら、どうだったか。

自分の意図をはっきりと写真に込められる技術が、自分にあれば……。

「あの二人、急いで行くところでもあったのかな？」

二人のことが妙に気になった。

「……あんまりかかわらない方がいいよ」

沼田さんは顔をしかめる。

「どうして？」

「小学校で浮いてたツートップだから」

沼田さんが詳しく教えてくれる。

「鴨川は家が農家でさ、糞を触ってるとか、男子によく言われてて。御手洗は、御手洗医院のとこの子でさ」

「あ、御手洗医院。知ってる」

町内を散歩している時に見た覚えがある。

「私立中学に行くってずっと塾通いしてたはずなんだけど、落ちちゃったみたい。入試でカンニングしたとかって男子に言われてて……。あくまで、噂だけどね」

沼田さんは積極的に悪い噂を言うタイプではなさそうだから、又聞きだろう。そんな噂がある時点で、彼らの扱いがなんとなくわかってしまう。

「でも、二人ですごく楽しそうにしてたね」

「自分たちの世界作っちゃってて、嫌だよね」

千穂里が見たままを伝えたつもりでも、すでにできあがった認識は覆らない。

嫌、だろうか。

そんな風には思わなかった。

周りから浮いている、らしい。

それでもあれだけ誰かとバカ笑いできるならきっと毎日楽しいんだろう。少なくともその瞬間は、学校の誰にも負けないくらいに。

周りのことを気にせず、二人で自分たちの居場所を見つけられているのかもしれない。

それがうらやましくすらあった。

流石(さすが)にこの場では口に出せないけれど、あんな風になりたいとさえ思う。

(やりたいように、やってみようか)

急に勇気が湧いてきた。

もしくは開き直った、と言うのかもしれない。

(陰口を叩(たた)かれても、笑っていられる方法はきっとある)

それに、やっぱり気づいてしまったから。

自分は写真が好きで、アートが好きで、なにかを表現することに憧れていて。

だとしたら、やりたいことにもっとも近いのは。

「沼田(ぬまた)さん。空気読めてないこと言ってもいい？」

きょとんとした顔をする彼女に、千穂里(ちぼり)は言う。

「わたし、美術部に入るよ」

二

あっという間に一年が過ぎ去り二年生に進級した。

田舎暮らしに最初は身構えていた。

すごく不便で嫌になるかも、だとか。よそ者だといじめられるかも、だとか。

でも住めば都というやつで、暮らしている中で不満はまるでなかった。

休日にカメラを持って出かければ、今まで出会えなかった自然を写真に収められるのもよかった。四季折々の微細な表情の変化を、これまでよりはっきりと感じられる。レトロな電車と風景を狙って、遠方からわざわざ人が撮影に訪れる場所に住むのも、なかなかオツなものだった。

学校生活も傍(はた)から見れば順調だろう。

そう、大きな問題はなにもない――。

「チボリー。ノート貸してくれてありがと。机の中に返しといたから」

「これお礼のチョコレートね、はい」

「オッケー」

「え、いいのに。ありがと。じゃまたね、玲奈」

放課後、クラスの友人と別れ、部活動のため美術室へ向かう。

校内を歩いていると、知り合いと会う度に声をかけられる。

「チボリはもう帰る?」

「ううん、部活だから。こう見えて結構活動してるんだよねー」

すれ違い様に隣のクラスの子に呼び止められる。

「委員長ばいばーい」

千穂里を委員長と呼ぶ子もいる。

「ばーい!」

「おー、チボリ。美術部の見学希望者、今年やけに多いんだって?」「部活動紹介の時の
チボリの発表うまかったもんなー」

「頑張ったからねー」

男子二人組からは「流石だ」「すげーな」と手放しで褒められる。

「あ、沼ちゃん! 一緒に行こっ」

廊下で同じ美術部仲間を見つけて、チボリは横に並んだ。

ちょうど階段のところに別の友だちを見かけたので、「また明日ー」と声をかける。

「チボリちゃん、相変わらず友だちが多いねぇ」

千穂里が立ち止まったので、沼ちゃんも付き合って待ってくれていた。

「知り合いが多いだけだよ」

謙遜して言いながら、歩き出す。

「それを友だちが多いって言わない？」

「うーん、一年の時に部活を散々見学したおかげかな？」

引っ越したばかりで不安だった日々が、なんだか懐かしい。

あの時は迷ったけれど、美術部を選んでよかったと思う。

「そんなの関係なく、チボリちゃんだからだよ」

「わたしだから？」

「だってみんなの人気者みたいな人、リアルで初めて見たもん。チボリちゃんと話したことない子、同級生の中にはいないんじゃない？」

「全然まだまだいるよー」

「そっかぁ。全員と仲よしくらいの印象だったよ」

人気者——という表現に同意はしかねるが、知り合いは多かった。

付け加えるならば誰とでも仲よく話せるかもしれない。

そういうタイプは珍しいと、中学に入ってから感じていた。

でも友だちが多いのとは違う。


美術室には新一年生が男女合わせて八名ほど集まっていた。

元々部員数の少ない美術部にとっては、大盛況の人数である。

「じゃあ今日はデッサンをやってみましょう。道具は貸し出すので、好きなのを使ってください」

千穂里(ちぼり)が言うと、美術部の見学に来てくれた一年生たち数人がぞろぞろと動き出す。

くるりと横を向いて、一年生には気づかれないよう小声で先輩に対して訴える。

「……ってなんでわたしが説明してるんですか⁉　三年生がやるんじゃないんですか⁉」

「えー、だってさ、男子は大半がチボリちゃん目当てでしょ？」

先輩は事も無げに言う。

「……そんなことないですよ！」

「あっちの女の子たちはあたしらが面倒見とくからさ。男子たちはよろしく～」

「あ……わたしも女の子たちと交わりたい……」

本当に先輩は行ってしまったので、見学に来てくれた一年生男子は千穂里が面倒を見なくてはいけなくなった。

「……沼ちゃんもね！」

「え⁉　わ、わたしはいいよ……」

「いいよとかないから！」

どさくさに紛れて、先輩と同じく逃げようとした沼ちゃんの腕をつかんだ。

「でもわたし、モテモテのチボリちゃんと違って、男子がそもそも苦手だし……」

「もう先輩なんだから。あとわたしがモテモテって情報はどっから出てきたの⁉」

とんだ怪情報だった。

「だって二年の男子なら、全員一度はチボリちゃんを彼女にする妄想したことがあるって、大平君が言ってたよ」

「……あの野郎め。沼ちゃんに適当なことを吹き込んで……！」

「わ、わたしが盗み聞きしちゃっただけだから。それにモテてるのは見ればわかるし」

「……誰にも告白もされてないのに？」

「高嶺の花すぎるかもしれないけど……。告白した男子は、身の程知らずって言われちゃいそうだし」

「おっと、沼ちゃんの毒舌だ」

「チボリちゃんが完璧だからだよ。すぐファンも増やしちゃうし」

本当に誰からの告白もないし、自分から誰かを恋愛的な意味で好きになったこともない。

当然、誰とも付き合った経験がないわけだ。

なのにモテると言われるのは釣り合いが取れていないと思う。

「……おい、お前が話しかけるんだろ」

「……お前が見に行こうって誘ったじゃねーか」

一年の男子たちが互いを肘でつつき合いながら、ちらちらと千穂里を窺っている。

バレているぞ、男子諸君。

「はーい、じゃあ始めよう！　学校の授業以外で絵を描いたことはある？」

千穂里がずんずんと近づいていくと、一年の男子たちはどぎまぎしながら顔を見合わせている。

「え……あんまりないです」「俺も……」

「じゃあ最初は手取り足取り教えてあげるね」

「「え」」と漏らした男の子たちが、目を丸くして背筋を伸ばす。

（あれ……今のはちょっと変な言い方だったか……）

振り返ると、沼ちゃんが「ほら、また」と言いたげに溜め息を吐いていた。

※※※

誰もやりたがらない学級委員長という仕事に、千穂里は二年生になり任命されていた。「チボリちゃんがいいと思う人～！」という鶴の一声と、「チボリなら納得だよね！」「むしろ他に対抗馬がいない！」などとやんややんや言うみんなの推薦圧力に負けてしまった。押しつけられたというよりは、本当に千穂里がいいと思ってくれている感じがする。だからなんとも断りづらく「他にやりたい人がいないなら、やります」と言いたくなった。

四月の間は案外仕事が多くて、ちょっぴり後悔してしまったが……。

今日は全学年の学級委員長と他の委員が集められての会議になっていた。

集合場所の教室に入り、席に着く。

まだ予定時刻までには余裕があって、人は十分集まっていなかった。

しばらく待とうと思っていると、一年生の女子二人がすすっと隣に寄ってくる。

「どうしたの？」

千穂里が声をかける。二人の顔がぱっと明るくなった。

「浦安先輩、生徒会じゃないなら、絶対学級委員長だと思ってました！　ね？」「うん、やっぱりそうだったね」

二人は一度美術部に顔を出してくれていた。最後に選んだのは、他の部活だったみたいだけど。

「……学級委員長オーラ、出てる？」

「委員長とか関係なくすごくオーラがあります！」「浦安（うらやす）先輩しかない、って感じに」

「抑えるにはどうしたらいいんだろうね？」

ちょっとだけ話に乗っかってみる。

「無理ですよ！　だってすごく可愛（かわい）いし、あと部活紹介の発表も全然他の人よりうまいし！」「滲（にじ）み出（で）てます。東京出身の洗練された感じも」

「東京はそんなに長くいたわけでもないけど……」

千穂里（ちぼり）が地元出身でないことは、下級生にも結構知られていた。

「あの……お願いがあるんですけど」「私からも」

「え、なに？」

妙にかしこまっているので、こちらも身構える。

「「チボリ先輩って呼んでもいいですか!?」」

「なんだ……そんなことか。いいよ、もちろん」

千穂里が許可を出すと、二人は手を取り合ってきゃっきゃっと喜んでいた。

「じゃあチボリ先輩。質問なんですけど、彼氏はいますか？」

「名前呼びになるといきなり攻めるなぁ!?　いないけど」

「あ、彼女が？」

「なんでそっちに。違う違う」

「チボリ先輩がフリーってあるんですか!?」「彼氏作りのコツを知りたかったのに」

「全然ずっとフリーだよ。というか、そんなに興味ある？」

「ありますよ！　だって中学生なら……キュンとくる恋愛をしたいじゃないですか」

千穂里に興味があるのか聞いたつもりだったが、恋愛全般について答えてくれた。

「キュンとくる恋愛に、今のところそんなに興味がない女子は……？」

気になって聞いてみる。

「女子として終わってます」

ぐさっ。容赦のない一撃が千穂里に突き刺さった。

「チボリ先輩レベルをキュンとさせる人が見つからない問題は、あるかもしれないですね」

「そんなにハードルは高くしてないよ」

「高いです。周りが引き立て役に見えます」

「あの、はっきり言いすぎだって……。そんなことないし」

だんだん他の委員も集まってきている。

先輩が後輩に偉そうにしている図は、なんとなくよろしくない。

「でもチボリ先輩なら学校内じゃなくてきっと他校の人とくっつくこともありますよね！

もしくは年上の高校生と!?」「年上……憧れる」

二人の後輩はぐいぐいきて止まらない。

「あと、普段はどこで遊んでいるんですか？　こんな田舎じゃなくてきっと都会に出てますよね!?　真似してあやかりたいです！」「どこに行けば出会いがありますか？」

「ちょっと、わたしのイメージが悪くなるから……。あ、先生きた！　仕事、仕事！」

※※※

時間ができたら、一人でカメラを持って外に出ることにしている。

日曜日。千穂里はデジタル一眼レフカメラを手に、近くの山に向かった。

ちょっと歩けばすぐ自然と触れ合えるのは、ここに住んでいるからこその利点だ。

都会よりも静かな場所の方が、好きかもしれない。

舗装もされていない細い山道を普段使いする人は少ない。またハイキングコースにするには外部からのアクセスが悪かった。ということで、ここで人に会うことはほとんどない。

だから誰かに合わせる必要もなく、いつどこであろうが、好きなタイミングで立ち止まって大丈夫なのだ。

偶然見つけた野鳥をファインダー越しに覗き、シャッターを押す。

地面からぴょこんと顔を出した可愛らしい芽を見つけたら。

枝葉の隙間から覗く空の青が綺麗だと思ったら。

シャッターを押す。

自分がいいなと思った感覚を確かな形で残しておけば、あとからでも自分が好きなものをはっきり手触りを持って思い出すことができる。

——こんな山の中に一人でいる姿は、みんなが想像する浦安千穂里じゃないんだろうか。

最近、なにが正しいのかわからなくなっていた。

学級委員長に推薦されたり、当然彼氏がいるくらいモテてるよねと言われてたり、都会で遊んでいると思われたり。

いつから言われ出したのか、その表現だけをくっつければまるでみんなの人気者だ。

でも本当は、休みの日に一緒に遊びに行く友だちすらいない。

一度や二度は遊びに行ったことはあったが、その時も話が盛り上がらなかった。

——好きなアイドルは？

聞かれても、みんなの知っているアイドルグループを全然知らない。

——これ観た？　面白いよねー。

最近話題になっているらしい配信動画も観たことがない。

——このアプリめっちゃよくて〜。

写真は好きでも、自撮りして盛る楽しさがいまいちわからずに、乗り気じゃないのが伝わってしまう。

——チボリって変な映画好きだよね。

自分がした好きな映画の話は、理解してもらえない。

そんな風だから、徐々に誘われることがなくなってしまう。

学校の勉強と同じように、アイドルや最近の話題を勉強すればいいのかもしれない。映画だってみんなが観ているものを同じように観て……。

やってみたこともあった。でも心の底から楽しめないから、そのうち飽きてしまう。

合わせられない自分が間違っているんだろうか。

他の人と同じになるための、努力が足りていない。

自分をもっと、本来あるべき色に染め上げなければ——それはいったい、どんな色だろうか。

自分が見て、感じている色と同じじゃないんだろうか。

千穂里はシャッターを押す。

今目の前を美しいと思う自分の感覚を、忘れないために。

※※※

「ごめんっ！　今日締め切りのプリント家に忘れちゃった！　明日持ってこれるから、先生に言っておいてくれない？」

放課後に言われたら、もう千穂里にもどうしようもない。

「わかった」

「チボリが言ったら先生も許してくれると思うからさ。よろしく委員長～。あ、今行く～」

その子はばたばたと先に教室を出ていってしまう。

（……自分で言えばいいのに）

黒い自分がひょっこり顔を覗かせて、慌ててかぶりを振った。

（これも委員長の仕事、委員長の仕事……）

千穂里は自分に言い聞かせながら、他に提出漏れがないか、机の上でプリントを数え直す。

「やべえええええ！」

大声に驚いて振り返る。

クラスの男子の田辺君と目が合った。

今日は放課後に残る人が少なくて、気づけば教室には二人だけになっていた。

「あ、悪い。自分一人のつもりになってた」

「どうかしたの？」

「おお、聞いてくれよチボリ！　数学の宿題、俺だけ答えを写したのがバレて別の問題でもう一回やれとか言われて。ひどくね？」

「仕方ないし、自業自得じゃん」

「マジ全然わかんね～。助けてくれよ～」

「自分でやらなきゃ意味ないでしょ」

「そこをなんとか……！　とっかかりだけでも……！」

頑張ってね、といつもなら突っぱねていたと思う。

でもさっき一瞬現れた黒い自分を、なんとなくチャラにしておきたかった。

「じゃあちょっとだけね」

「マジで？　チボリって、甘えるなって勉強とか教えてくれないタイプじゃなかった？」

「教えてほしくないのならやめとく」

「ウソウソお願いしますっ！　チボリ委員長さま！」

全然わからない、と田辺君は言っていたが、授業を聞いていればわかる普通の問題だった。

田辺君の前の席に座りながら、即席講座を開催してあげる。

「だからここに代入してから……こうすれば」

「おお、教え方うまっ！　次も……」

「ダメ。もうやり方わかったんだから、あとはできるでしょ」

「ちぇっ、そういうところ堅物だよな。ノリはいいのに」

「褒め言葉として受け取っておこう。じゃあ、わたしは行くね」

立ち上がった千穂里を「あのさ」と田辺君が呼び止める。

「……確認なんだけど、誰とも付き合ってないよな？」

「なぜ今その話……？」

そんなに気になるものだろうか。

「一応確認だよ、一応」

「いないよ」

「そう、か」

「もう行くよ。職員室に行かないといけないから」

千穂里は背中を向ける。

「――一年の時から、好きでした！　俺と付き合ってください！」

ぴたりと、氷漬けになったみたいに千穂里は動きを止める。

まさか……いやまさかじゃなくて、俗に言う、告白？

（夕暮れ時の教室で、背中を向けたまされるんだぁ）

不思議と、そんなどうでもいい感想が一番にやってきた。

「それは……本気のやつ？」

「ほ、本気じゃなく言うかよ」

「なんで今？」

「……タイミングだろ、そんなもん。あんまり二人きりになる機会もないし……」

そうか、男子と二人になる時間を増やせば、告白されることもあるのか。

イエスとここで答えれば、自分に恋人ができる。

こんな簡単に、みんなと同じになれるチャンスがやってくるんだ――。

「――ごめんなさいっ！」

だけど千穂里にできるのは、面と向かって頭を下げることだった。

「えっと……やっぱ……ダメだった？」

初めてのことだったけれど、告白を断るのは心がずんと重くなった。

(全然……心がときめく、青春ドキドキイベントじゃないじゃん)

そんな噂ばかり聞かされていたのに、話が違う。

どう言えば相手を傷つけず丸く収まるのか、千穂里は必死に考える。

「ごめんなさい。田辺君のこと……まだよく知らないから」

「で、でもよく喋ってる方だよな？　たぶん、結構」

「あー、うん。まあまあ？」

田辺君と喋ることはあった。

でもそれが、本当の会話だったかというと、自信がない。

「例えばさ、わたしが好きなもの、なにか知ってる？」

「……好きなもの？」

一瞬、田辺君がぽかんとする。

「ええと、美術部で……絵！」

「まあ外れではないけど……」

大当たりとは言いづらい答えだ。

「俺は海外のサッカーを観（み）るのが好き！」

「おう……そっか」

流石（さすが）の田辺君も見当違いのことを言ったかもと、恥ずかしそうに頬（ほお）を掻（か）いた。

そう、今さらそんなことを明かすくらいに、自分たちはお互いについてなにも知らない。

じゃあどうして、彼は告白なんてしてくれたんだろうか？

「……いきなりは無理があったよなぁ。でも言えてすっきりした」

「ご期待に添う形にはならなくて申し訳ないんだけど……」

「いや、仕方ないじゃん。ただこれからも、変わらずに接してくれよ。勉強も教えてくれる方向で」

「もちろん普通に話しかけてよ！　……ただ家庭教師はお断りで」

変に引きずらないで済みそうで、ほっとする。

(これでよかったんだろうか……？)

正しい対応ができたのかわからない。

でも誰かと付き合う。カップルになる。そういうことの意味づけが、千穂里の中でまだできていなかった。自分にはまだ早い。

いや、普通は意味づけなんて考えないか。

(こういうところがわたしの面倒臭いところなんだろうな……)

今度こそ「もう行くね」と千穂里はその場を離れる。

「あーあ。でもこれで俺も……晴れて学年のアイドルに突撃して玉砕した男だな」

こちらは重い気分になっているのに、満足げに言われるのは、少しだけ癪だった。

「……そういえば、わたしのどこが好きなんだっけ？」

教室から出ていく直前に、千穂里は聞いた。

「え？　そりゃ……可愛いし、いつでも明るいし、友だち多くてみんなに好かれて……あと大人っぽい。それに誰でも受け入れるやさしさもあって！　まさしく男子が憧れるアイドルの魅力全部盛りで！」

――それって誰のこと？

浮かび上がった疑問は、音にせずに溜め息として吐き出した。

アイドル――偶像。

一般的なアイドルという意味ではなく、本来そこに存在しない理想だという点だけには、共感できた。

たぶん男子たちが見ている先に、本物の千穂里はいない。

※※※

告白された昨日の今日で、今度は校舎の裏手に呼び出された。

放課後。校舎裏。呼び出し。

それらの要素が揃った時に起こることなんて、一つしか思い当たらない。

しかも呼び出してきた相手は、女子だった。

(わたしの常識で囚われちゃいけない……。ちゃんと受け止めないと……)

「昨日、田辺に告白されたの？」

前置きもなしに、いきなり聞かれた。

「……知ってるんだ」

「あいつがベラベラ話してたし」

「……勝手に言い触らすのはマナー違反かと思って黙っていたのに。向こうが話すとは。

「告白を断ったのは、まあいいんだけど」

そもそも千穂里はぐっとおへその辺りに力を入れて、衝撃に備える。

「そもそもさせちゃ、ダメでしょ」

…………ん？

言い方がすごくキツい。

思っていたのと、展開が違うような……。

「あいつのことを、麻衣が好きな話は、当然知ってるでしょ？」

麻衣とは同じクラスで、たまに喋りはする。

しかし好きな人の話なんて、知らない。

「……ごめん。わかってなくて」

「マジで言ってる？」

呼び出しの張本人には、あきれられてしまう。

「麻衣も結構表に出してるし、当然知ってるもんでしょ？　それとも、クラスに興味ない？」

「そんなこと……ないよ」

でもみんな知っていることを知らなかった今、自信を持って反論できなくなる。

「前から思ってたんだけど、チボリが男子にも分け隔てなく博愛主義やってるの、わざと？」

「わざともなにも……」

「変に男子のこと、勘違いさせてない？」

そんなつもりない。

ただなるべく嫌われたくないって、思っているだけで……。

「まあ男子物色してる気配ないのもわかるけど。だったら気をつけた方がいいよって、忠告」

「……うん。ありがとう」

なにを言うのが正しいか、わからなかった。

全然正しくなさそうな『ありがとう』しか、出てこない。

「怒ったりしないんだ」

意外そうな顔をされた。

「え……そんな権利ない、というか。どうすれば……よかったのかな」

こっちに聞くことじゃないでしょ、と相手も毒気を抜かれた様子だ。

「なんかチボリって、誰とも仲よさそうで、誰とも仲よくなくて——」

バレた。

その時、そう思った。

「――なに考えているのかよくわからないよね」

三

青天の霹靂は、中学三年の春に訪れた。

「父さん、今年いっぱいで日本を離れて、海外に転勤することになったんだ」

話があると呼ばれて、両親とかしこまってリビングで向き合った時点で千穂里は覚悟していた。

というか以前から、中学を卒業する頃にまた引っ越すんだろうと身構えてはいた。転勤が多い仕事なのは重々承知している。

しかし海外は想定外だった。

「ちなみに……どこ?」

面くらいながらも、来る時が来ただけだと冷静さを保ちつつ、千穂里は尋ねる。

「アイルランド」

今度こそ千穂里は悲鳴を上げた。

国名は知っている。

場所もイギリスの近くだよね、くらいはわかっている。

しかし人生で、まさか足を踏み入れる土地になるとは、夢にも思っていなかった。

「せめて卒業まで待とうか？　日本で高校に通いたかったら一人暮らしとか、親戚のおばさんを頼るとか、方法はあるから一緒に考えよう」

お母さんはそう言ってくれた。

ちなみに「お父さんが単身赴任はしないの？」と聞いたら「だってこの人を一人にできないでしょ。わたしも一緒じゃなきゃ嫌だし」と平然と宣った。このラブラブ夫婦め。

アイルランドがどんな国であるかは、なに一つと言っていいほど知らなかった。

ただネットで調べてみると、アートと音楽が盛んな国らしい。アートを学べる学校もありそうだった。そこに行ってみたいと話したら、両親は喜んで賛成してくれた。

図らずも興味のあるアート方面を本気で学べる機会になりそうだ。

だったら行ってもいいかなと傾き始めているうちに、あれよあれよと千穂里もアイルランドに飛ぶと決まっていた。

「――ということで、アイルランドに行きます」

「ということでじゃないいいい⁉」「チボリいいいい⁉」「チボリ先輩いいいい！」

「わ、別れ際みたいに泣きつかれてもまだ数カ月後だから！　そのテンションあとに取っておいて！」

海外に行く話を少しずつ周りに伝え始めた。

美術部のみんなは想像以上にさみしがってくれた。

みんなの反応に、実感のわかないアイルランド行きが現実なんだとやっと思えてくる。

「海外だよ、治安悪いよ⁉」

「ヨーロッパの中じゃ、犯罪も少ない方なんだって」

「大丈夫なの？　日本人はいるの？」

「留学する人もちょっとずつ増えてるみたいだから」

「何語⁉　アイルランド語とか……絶対無理でしょ」

「基本的にみんな英語。だから英語勉強しないとね」

あまりにも周りが心配をしてくれるので、つい千穂里（ちぼり）は平気なフリをしてしまう。

本当に大丈夫なのか、確証もないのに。

（もしかしたら一番現実感を持っていないの、わたしかも……）

「卒業制作、チボリだけ先に作り始めようよ」「いいね、なんならわたしたちも作り始めるし！」「チボリ先輩の作品を残していってほしいです！」

みんなが提案してくれて、顧問の先生からも了承をもらった。

「どんな絵、描くの？」

そこまでうまくなったとは言えなくても、部活を通じて頑張ってきたことなので、千穂里も形にしたかった。

「ちょっと……考える」

さて、なにを題材にしようか。

あくまで部活動の一環の卒業制作なので、壮大な制作をする必要もない。自分にできる範囲でやればいい。

しかしそうだとして、自分なりに納得のいくものにしたい。

ただそう思えば思うほど、なにを創ればいいかわからなくなった。

——なに考えているのかよくわからないよね。

いつだったか、そう言われてしまったことを思い出す。

ちゃんと自分の気持ちを表現したい。

自分を受け入れてくれたみんなに感謝している。楽しい時間を作れたことを嬉しいと思っている。この場所を離れるのはさみしい。

でもなんだか、そうやって気持ちを言葉にすればするほど、すごく軽薄で嘘っぱちみたいに感じられてしまう。

（みんなが集合している絵とか……いや、あざといか……。ていうか、あざといとか思う考え方がよくない……？）

なにをどうすれば、正しく自分らしさを表現できるんだろう。


そこまで本気になる必要があるのかわからない。

でも卒業制作のヒントが見つかるかもしれない。

そう思って、電車に乗って本屋に行くことにした。

ちなみに田舎の電車を舐めてはいけない。

本当に一時間に一本しか電車が来ない。

だから住民のほとんどは車を使うし、千穂里も普段は両親に車を出してもらっている。

でも今日は一人でゆっくり行きたい気分だった。

ホームにある屋根付きの待合スペースで、電車を待つ。

単線でなおかつやってくる電車も二両編成である。

当然無人駅だし、駅舎もない。

ほとんど道路と地続きのような駅だ。

駅なのに、すぐ目の前には木々が生い茂っている。ホームのコンクリートの上は飛んできた砂でざらざらだ。

周囲があんまりにものどかで、廃線になったと言われれば今すぐ信じてしまいそうなくらいだから、電車がやってくるのかたまに不安になる。

ただ千穂里はこの駅が好きで、来る度に写真を撮りたくなってしまう。

カメラは持っていないので、今はスマホで我慢しよう。

フレームの中に、やわらかな夕日に照らされる駅と線路を収める。

線路は自然の中に溶け込み、まるで山の中に消えていくように延びている。

そこには、自分を別の世界につれて行ってくれそうな気配がある。

千穂里は妄想を膨らませる。

山の中へ消える電車が、止まらずにずっと走り続けていく。

山を抜け、海を越え、そして世界へ——行く前にぷつりと映像は途切れた。

本当の本当は、両親にすらはっきり言えていないけど、海外に行くのが、不安だった。

日本人どころかそもそもアジア人が非常に少ない土地柄らしい。

そんな土地に行ったら、きっとこれまで以上に、自分と周囲の差がバレてしまう。

今はなんとか誤魔化せて——もしかしたら誤魔化せていないけど——なんとかやれている毎日が、瓦解してしまうんじゃないか。

日本だから、どうにか四苦八苦しながら居場所を確保できている。

これが文化も言語も常識もなにもかもが違う、仲間すら簡単に作れるはずもない国になれば、どうなってしまうのか。

今ですら誰からも正しく理解してもらえていない自分は、本当に一人ぼっちになってしまうんじゃないか――。

そんな不安が頭をもたげる。

（わたしは……アイルランドにたどり着けるの？）

※※※

ポジティブな「海外に行きたい！」「本場ヨーロッパでアートを学べるなんてラッキー！」「目指せ帰国子女！」という気持ち。

ネガティブな「英語で生活なんて無理……」「友だちゼロだったらどうしよう……」「落第して卒業すらできないかも……」という気持ち。

一晩ごとに両極端を行ったり来たりしているうちに日々は過ぎていった。

自分はアイルランドに行く、という前提で着々と準備は進んでいる。

でも「やっぱりやだ！」と言えば、まだ間に合う。

このままずるずるいって期日がくれば、自然と日本を離れることになる。

だけど流されたまま海外に渡っても、うまくいくイメージが持てない。

ちゃんと腑に落ちた形で決断をしなければいけない。でもそれができずに、完全に煮詰まっていた。

だから今日は。

「見て見て、今日行くところの花畑、綺麗じゃない?」「すごー、映えてるじゃん! なんて花?」「写真撮ろうねー!」

悩みを一度リセットするには最適な日和だと思った。

千穂里は、騒がしいクラスのみんなと一緒にバスに揺られている。

今日は課外授業として、学年全員で大型公園へ行くのだ。

学校指定のジャージで行くのが恥ずかしいとか、山が傍にあるのになぜわざわざ公園に行くんだとか、昨日まではみんな文句ばかりだった。

しかし当日になると、結局こうなるのだ。

「みんな元気だねぇ」

千穂里がつぶやくと、隣の座席の子が言う。

「なんでおばあちゃんみたいな言い方?」

「いやつい、見届ける気分に」

「やっぱり委員長だー」

どちらかというとお別れする前に、みんなをこの目に焼きつけておきたいだけだ。

そう思う自分は、みんなと同じバスの中にいて、でも一人だけ輪の外側からみんなを眺めていた。

「このバス、カラオケがついてるんだってさー！」

バス前方に陣取る男子たちが騒いでいる。

「おっしゃ、俺が一曲」「誰も聴きたくねー。こっちの身にもなれよ」「はぁ⁉　じゃあ誰のだったら聴きたいんだよ」「そりゃもちろん……」

男子たちが後ろを振り返っている。

釣られて他のみんなも振り返り、その視線は後方に座る千穂里へと注がれる。え。

「いやいやいや歌わないから！」

「誰か一人が歌うっていうなら……なあ？」「チボリだな」「みんなそうだよなー⁉」

おー、という野太い声がバス内に響く。

「男子団結しすぎじゃない⁉　絶対もっとうまい子が他にいるから……だよね⁉」

千穂里は助けを求めるように、女子の方を見るが。

「わたしも賛成ー」「チボリなら納得」「このハードルを越えられるのはチボリだけだ」

「女子にも裏切られてる⁉」

千穂里はみんなで歌おうという案に着地させ、なんとか独唱を回避した。こういう時だけ持ち上げるのは勘弁してほしい……。

そうこうしているうちに大型公園に到着する。

春らしく、おだやかな風が吹く暖かい日だった。

午前中は班ごとに分かれて、昔の生活を再現した古民家施設の見学をした。

それから青空の下でお弁当を食べたら、午後は園内で自由行動となった。

今の時期の目玉は、広大な範囲に咲くネモフィラだ。

実は前々から来たいと思っていた場所で、楽しみにしていたのだ。

先生からの諸注意のあと、みんなが思い思いのグループになって歩き出す。

「行こ～」「写真撮ろうね～」「ダルいなぁ」「あっちでサッカーしようぜ！」

わいわいがやがやと話しながら、みんなが千穂里から離れていく。

やがてその場にぽつんと取り残される。

班行動ならリーダー役をよく任される。

はっきりペアになれと言われれば誰かと組める。

物怖(ものお)じはしない方なので、意志を持って動けばひとりぼっちにはならない。

でも流れに任せてふらふらしていると、収まるべき場所が見つからなくて、よく一人になる。

（なにか……間違っているのかな）

一人でいることは、あまりよくないように他の人からは見られるだろう。

もっと無理にでも、周りに馴染んだ方がいいんだろうか。

（知らない国に行ったらそんな単独行動も難しいだろうから……。わたしは日本にいた方が……幸せなのかな）

物思いに耽りながら、千穂里はネモフィラ畑の入り口に立った。

丘一面に広がったネモフィラを目にして千穂里は息を呑む。

（綺麗だ）

すべてが青かった。

咲き誇るネモフィラの青が空の青と渾然一体となり、目の前が青一色が染まっている。

その光景は幻想的ですらあった。

時折、丘の稜線と空の境界すら見失いそうになる。

あまりに境目がわからないから、青い丘を登っていけばいつか空まで歩いていける気すらした。まさにここは、空に続く丘だ。

足下に目をやれば、その草丈は十センチから二十センチほど。花の直径も二センチ程度と大きくない。花びらは青く、中心だけが白くなっている。

一つ一つはこんなに小さいのに、それが何万、何十万と集まると、こんなに圧倒的な存在感を放てるのか。

他のみんなも感嘆の声を上げている。

でもその声は、徐々に遠くなっていく。

自分が景色に吸い込まれる。

丘にはネモフィラ畑を縫うように遊歩道が整備されていた。

千穂里は花に囲まれた道を上っていく。

青に飛び込みたくて、気づくと千穂里は走り出していた。

一人で遊歩道を駆ける。ピンときたところで立ち止まって、写真を撮る。

走ると暑くなってきた。上のジャージを脱いで腰に巻き、Tシャツ姿になる。

自分も丘の中に潜り込み、その一部となって見上げる青の絨毯(じゅうたん)もまた美しかった。

(まるで自分が世界に魔法をかけたみたい)

千穂里はスマホのカメラを構え、この感動を切り取ろうと試みる。

ふと、真っ青な花畑の中に、赤を見つけた。

誰かを呼ぶように手を振る、赤いパーカー姿の男の子だった。

「真っ赤だ、きれい」

青の世界に、唯一の赤が鮮烈なまでに美しく映えていた。

思わずほんの少しズームして、千穂里はその光景を写真に収める。

撮った写真をスマホの画面に映す。

写真には赤いパーカーの男の子以外にも同級生たちが写っている。

けれど青い学校指定のジャージに身を包んだ集団は、すっかり同じ青の景色に埋もれていた。

(あ)

そう言えば、自分も真っ赤なTシャツ姿だった。

(きっと下から見れば、青い世界でわたしだけが赤い)

そしてそれは、はっとするほど鮮やかな赤なんだろう。

誰かの記憶に、残るくらいに。

それがなんだか、誇らしく思えた。

(わたしだけがこの世界で浮いている。わたしだけが違う色をしている)

でも、だからこそ、美しいのだ。

たまたま生まれた一枚から、そんな事実を見つけた。

それが妙に胸に響いて、一人で泣きそうになった。

写真はやっぱりいい。

すごくいい。

あらためてそう思えた。

感動の余韻に浸りたくて、千穂里はゆっくりと丘を下っていく。

さっきの写真を撮る前と後では、景色が違って映った。

と、木陰に先ほどの赤いパーカーの男の子が一人でいるのを発見する。

(そういえば……なぜあの子は赤いパーカーを？　寒がり？)

気になってじろじろと見ていると、彼の手元に目がいく。黒い物体を持っている。

(一眼レフカメラ……！)

まさかカメラを、しかも一眼レフを持ってきている子がいるなんて。

みんながスマホで自撮りしたり、集まって撮影をしたりしている中、一人で木陰にいる彼は、明らかに他とは異なる佇まいだった。

全校生徒もそんなに多くない学校だから、クラスは違っていても名前は知っている。

山の方に住む農家で有名な、鴨川ロウマ君だ。

ただなんとなく、知り合いじゃなくても話しかけやすい気がしたのだ。

なにより鴨川君が手にしているのは……。

(ニコンのＤ２００だ……！)

ずっと興味があった、とうの昔に生産終了となったカメラとここで出会えるなんて。

思わず近くに行き、

「いいよね、そのカメラ」

鴨川(かもがわ)君に話しかけていた。

そうしたら快くカメラを触らせてくれた。

それが嬉(うれ)しくて、仲間になった気分でつい饒舌(じょうぜつ)にカメラと写真のよさを一人で語ってしまった。

オタク気質丸出しである。

案の定、ぽかんとされてしまった。

「見せてくれてありがとう！」

そう言って、鴨川君から離れていく。

(カメラの話題なんて……学校じゃ避けてきたのに)

でも、なぜだろう。

変だと思われたり、拒絶されたりした感じがなかった。

話したことをそのまま受け入れてくれた。そんな気がした。

だからこそ、余計な一人語りになってしまったんだ。

うん、半分くらいはきっと鴨川君のせいだ。

じゃなきゃおかしい。

カメラと写真の話をあんなにするなんて。自分らしくない。

そう、自分はもっと——自分らしいって——なんだ?

千穂里(ちぼり)はその場に立ち止まる。

少し先の広場で、楽しそうに会話している女の子たちがいる。

花を見るのにもう飽きたのか、キャッチボールで遊んでいる男子たちもいた。

そして振り返ると、赤いパーカーを着た鴨川君が一人でカメラを覗(のぞ)き込(こ)んでいる。

色んな人がいる。その中で自分が自分らしくあるには——。

(そうだ、わたしもカメラを持ってくればよかったんだ)

課外授業に、一眼レフカメラを持ってくる発想がなかった。

でもカメラくらい持ってきたって、先生に注意はされなかっただろう。

現にたぶん鴨川君は怒られてはいないと思う。

なんだ。

なんて単純なことなんだ。

それだけで、もっと自由になれたのに。

周りには多少はいじられるかもしれない。でも「好きだから」と言えば、そんな子だってみんな認めてくれたんじゃないか。

どうせ伝わらないからと、一人で勝手に諦めていた。

（だって鴨川君のカメラは、わたしが理解できたじゃないか）

同じように一人異なる自分も、誰かが理解してくれる可能性は等しくあったのだ。

きっとどこに行っても、自分が自分であり続ければ、理解してくれる人は現れる。

これまでの自分は、青の世界で、青じゃない自分が嫌だと縮こまっていた。埋没できないことが間違っていると一人で悩んでいた。

でも見方を変えれば。

青の世界で一人赤い自分は、他の誰にも染まらない、そして他を背景にしてしまう、その世界の主人公だった。

（自分は、自分の世界の中で主人公なんだ）

主人公で、いいんだ。

だからただ自分らしく自由に表現すればいい。

変だって言われるかもしれない。

でも誰かはきっと見つけてくれる。

誰一人似た人がいない世界に飛び出せば、きっともっと輝ける自分になれる。

逆にわくわくすらしてくる自分がいた。

もう海外だって、怖くない。

今、決めた。

もう迷わない。

千穂里(ちぼり)の決意が、はっきりと形作られていく。

それにはちゃんと質感があって、今度こそ消えないと信じられた。

だからちゃんと口に出して、言う。

「行こう、アイルランド」

四

お父さんにねだって中古のＤ２００を手に入れた。

「自分の仕事の都合で娘をアイルランドに連れていくのに……!?」という殺し文句の効果は抜群だった。

届いたその日にカメラを持って千穂里は外に出た。

引っ越す前に、この町の光景を形に残しておきたいと思ったのだ。

通学路の途上にある、信号のない交差点でシャッターを押す。

転校初日のドキドキを抱えながら、時には今日は学校をサボりたいなぁと思いながら、またある時にはテストの高得点にうきうきしながら歩いた道を写真に残す。

連なる山の緑をフレームに捉え、シャッターを押す。

みんなは「田舎は嫌だ」「出ていきたい」と口々に言っている。不便なところはあるし、都会に憧れる気持ちもわかる。

でも外から来た人間だからこそ、自然に囲まれた、都会とは違う時間が流れるこの場所が持つ価値にも気づけた。

この町だから感じられることがあるんだ。

撮影を続けていくうちに、だんだんとカメラが手に馴染んでくる。

思ったとおり、これまでと違う雰囲気を出せるカメラだった。

デジタルカメラの中でも古いセンサーを搭載していて、実物の色や質感を損なわないのが好きだ。

光を反射した世界が、眩しさに目を細めた時のようにちょっぴり滲んで映るのが好きだ。

カメラを変えるだけで、世界は違って見える。

通すフィルターを変えるだけでも、世界は変わるのだ。

そんな大切なことを教えてくれた、写真が好きだ。

世界の片隅で、誰にも知られることのなかったはずの、自分が目で見て感じたこの世界を、そのまま誰の目にも見える形で残してくれるのが好きだ。

自分がどんな世界に生きて、なにを感じて日々を過ごしたのか、それを誰かの心に残すことができる。

そうやって共有した一瞬一瞬を通じて、もしかしたら言葉がなくたって、互いにわかり合うことができるかもしれない。

自分の写真でそんなことができたら、どれだけ素晴らしいだろうか。

もっとうまくなりたい。

もっと感じたことを、伝えられるようになりたい。

写真を学びたい。

——湧き上がるこの気持ちのことを、もしかしたら、夢と呼ぶのだろうか。

だったら自分の夢は、決まった。

ならばまず、今ここで感じたことを残そう。

この土地には、自然と共に生きる人の息吹がある。たくさんの美しさがある。

そして人が美しいと思うところは、みんな違っていてもいい。

その各々が感じる美しさを、分かち合っていきたい。

通学路を歩きながら畑を撮っている時、農作業をする誰かの存在に気づいた。背格好からして大人じゃなくて子どもで、男の子で……。

(若いのに珍しい……というか、鴨川君?)

思わぬ偶然に、千穂里（ちぼり）はカメラを構える。

人物が特定できないくらいの小ささで、その光景を一枚に収める。

広々とした畑の中で一人作業する彼を切り取ったその写真もまた、自分が残したい、美しい光景の一つだと思った。

（みんなにも見てほしいな）

素直に千穂里はそう感じた。

（この町の写真集……それを美術部の卒業制作にすれば）

ただの思いつきだった。

でも考えれば考えるほど、ものすごくよいアイデアな気がしてくる。

美術部としてもちろん絵も描こう。それもまた、自分がやってきて残したいものだ。

同時に、やっぱり自分らしく自分が感じたことを、そしてみんなに伝えたいことを伝えるための、写真集を作ろうと思った。

みんなの反応がどうなるかはわからない。

でも形として、自分自身が感じたことは確かにそこに残る。

もしかしたらと、最近思うことがある。

（自分から壁……作っちゃってたかもな）

変に思われるかもとか。

みんなに合わせなきゃとか。

余計なブレーキばかりをかけて、自分を取り繕ってしまっていた。

だから最後になっちゃったけど、恥ずかしがらずに真正面から表現してみようと思う。

これから自分は遠くに旅立つ。

日々の生活に流されて、みんなを遠くに感じてしまう時もあるかもしれない。

それでも自分は、きっとみんなを忘れない。

写真を見れば、いつでもそれは思い出せる。

(わたしはみんなが、好きだってことを、忘れない)

五

アイルランドに渡ってからの生活は、控えめに言って想像の五倍は大変だった。

激動。怒濤(どとう)。忙殺される毎日だった。

公用語は英語だったが、イギリス訛(なま)りがあるのと、なによりスピードが速いのに面食らった。体感は日本にいる時使っていた英会話教材の一・五倍だ。

お母さんは「海外だって千穂里の社交性があれば全然問題ないよ」なんてまたまた呑気なことを言っていたけれど、今回ばかりは流石に苦戦した。

話していることがわからないのだから、すぐに馴染めるはずもなかった。

周りは「日本人を生で初めて見た」という人ばかり。アジア人でくくられて、細かな国の違いさえ曖昧だ。

日本とはまったく文化も常識も異なっている。

ただここまで違っていると、もはや空気を読むとかどう立ち回るとか考える以前の問題だ。毎日思いっ切り当たって砕けるだけだった。

強調して言いたいのだけれど、結構頑張った。

同級生と仲よくなるために、日本食を詰めたお弁当をみんなの分も作って振る舞ったりもした（ものすごく好評だった）。

英語で行われる授業についていけない間は泣きそうになることもあった。それでも親切なクラスメイトたちに助けられながら、どうにかこうにかテストも乗り越えられた。

そしてアイルランドに来て、違いなんてどうでもいいということを、本当の意味で理解できた。

細かいことを気にしてもしかたがないくらいに、根本から違うのだ。

日本から抱えてきた悩みなんて、一気に全部吹き飛んでしまった。

それくらい衝撃的で、刺激的で、楽しい日々だった。

楽しみにしていたアートの勉強については、授業ももちろんだが、なにより同じEU域内の各都市にも週末旅行感覚で行けるのがよかった。

パリまで二時間。

バルセロナまで二時間半。

LCCで直行便が出ているから、親や時には友人たちと色んな都市に飛んだ。

たくさんの文化に触れ、人々に出会い、また新しい価値観を発見できた。

世界は広い。

その広さを知る度に、アートと世界の中心に位置する都市への憧れが強くなるのを感じていた。

※※※

アイルランドに渡って一年が経ち、二度目の冬がやってくる。

世界地図で見ても緯度が高くて極寒のイメージを持っていたが、実は冬の気温は東京とほとんど同じで、想像していたよりはだいぶと過ごしやすい。

すっかり、と言っていいくらい生活にも慣れてきた。

今日も、千穂里は一人でスーパーマーケットに買い物に来ていた。

海外の活気あふれる市場での買い物に憧れを抱いていたが、普段使うのはやっぱり日本と似た普通のスーパーになる。まあ、生活するとはそういうことだ。

千穂里はカートを押しながら、買い忘れがないか反芻する。

割引の値札を見て「おっ」と足を止めた。シリアルが安くなっている。

（けどちゃんと確認をしないと……）

パッケージを裏返す。賞味期限は……一週間前だった。千穂里はそっと棚に戻す。

スーパーにも賞味期限切れの商品も割と平気で置いている。生鮮食品もかなり怪しいというか半分腐っているものもたまにある。

千穂里も初めは日本の感覚のままで痛い目を見た。おかげで随分用心深くなった。

お会計を終え、エコバッグを抱えて外に出る。

アイルランドは空が広い。

首都でも背の高い高層ビルは少なく、視界を遮るものがないのだ。

代わりにレンガ造りのヨーロッパらしい建築物が建ち並ぶ。

通りに沿って綺麗に同じ高さのレンガ造りが整列する姿は壮観でさえある。

歩いていると、緑や黄、赤といった色で存在をアピールする路面店が目につく。

派手派手しい色に見えて、レンガのオレンジともちゃんと調和して、町に溶け込んでいる。

　ここにある建物を一つだけ抜き出して、日本に持っていけばすごく違和感があるんだろう。逆もまた然(しか)りだ。

　でもその違和感は、時に美しさも生む。

　千穂里の頭の中で膨らむ妄想の世界では、たくさん吸収した新たな発見がぐちゃぐちゃと混ざり合って、今にもあふれ出しそうになっている。


　千穂里たち家族が住む家は、三角屋根の黄色いアパートメントである。

　ちょっと窮屈な規模だが、都心部の住宅が不足しているここではかなりの優良物件だ。

　買ってきた食品をお母さんに渡して、千穂里は自分の部屋に入る。

　ベッドに勉強机に収納棚があるだけの殺風景な小さな部屋だ。家具は備えつけで、借り物感が拭えない。

　千穂里はベッドに寝転がってスマホを手に取る。

　ブックマークしたページを開く。

　友だちに教えてもらった、ニューヨークのアートスクールのホームページだった。

　ヨーロッパも十分アートを学ぶのに充実し、恵まれた環境だと思っていた。

（でもやっぱり、違うよなぁ）

本場ニューヨークの充実度は群を抜いていた。

アートもファッションも最先端が集まっている。

メトロポリタンや、ＭｏＭＡといった美術館にも通い倒したい。

目を瞑（つぶ）って自分がニューヨークに降り立った姿を想像してみる。

タイムズスクエア――、セントラルパーク――、グランド・セントラル駅――、エンパイア・ステート・ビルディング――、もちろんブロードウェイのミュージカルも観（み）なければ。

世界の中心で自分はなにを感じられるだろうか。

なにより世界中から成功を夢見る人が集う、人種のサラダボウルに飛び込むと自分がどう変化するのか知りたかった。

心が暴れている。

もっと学びたい。感じたい。

ニューヨークへ留学してみたい。

知らぬ間に自分はとんでもなく欲張りになっていた。

だけど、現実問題として簡単な話じゃない。

千穂里（ちぼり）は目を開けて、今自分がいる室内を見る。

狭いかもしれない。でも温かな部屋だ。

隣には両親がいるから、いつでも助けを求められる。

学校のみんなとまだ英語で十分に会話できなかった頃、両親と日本語で話せることが唯一の救いだった。

一人の生活力も不十分だ。

買い物をしたり、家事を手伝ったりもしているけど、あくまでお手伝いの範疇(はんちゅう)でしかない。

海外で生活をしていて感じたのは、仕事と炊事・洗濯・掃除だけでは生きてはいけないということだ。

毎日様々なトラブルが発生する。

電化製品が故障したり、銀行でお金をうまく下ろせなくて困ったり、ちょっとした風邪でも高額の医療費が必要だったり、思いも寄らないことがたくさんある。

色んな課題を一人で解決し、乗り越えていかなければならない。

そうやって一人での生活すら不安を覚えている人間が、ニューヨークで、思い描くような留学生活を送れるだろうか。

アイルランドでは、運よくみんなが優しくて、まだ英語もおぼつかない自分を輪に入れてくれた。

でもニューヨークという競争激しい都市に、そんな甘さは期待できない。

きっとなにもできない奴は、なにもできないままで終わってしまう。

（まだ……早いよね）

憧れはある。でも無理だ。

ホームページの閲覧をやめて、千穂里はインスタを立ち上げる。

ぼうっとスマホの画面をスライドさせていく。

ふと、中学の頃の友だちの近況が気になって、アカウントをたどっていく。

高校は地元の多喜高校に進んだ子が多くて、変わらずいつものメンバーでタグ付けしあっている。なんだか懐かしい。

「また同じメンツ」なんて自虐コメントがあるけど、そうやってネタにして言うことを含めて楽しんでいるように見えた。

自分は家庭の事情もあって渡り鳥生活だが、同じ場所にとどまるのもまた楽しいと思う。

（そういえば、アイルランドに行くって決めた時は……）

千穂里の決断は、いつも写真と共にあった。

迷っている時、不思議と最後は出会うべき写真に出会って、背中を押されるのだ。

確かあの時は、五月の、課外授業があって……。

脳裏に映像が浮かぶのとほとんど同時に、画面に青が広がった。

ネモフィラ畑の写真だ。

アカウント名は、『Romanholiday』。

同級生の鴨川君の古い投稿だった。

ネモフィラの青と空の青の世界で光る、一筋の赤。

飛び立つテントウ虫を捉えた一枚の写真。

当時の記憶が蘇ってくる。

暖かな春先、おだやかな風と草花の匂い。

アイルランドに行くことになったが、最後の最後で腹をくくれずに臆病風を吹かせていたあの頃。

青の世界だからこそ、「赤がきれい」に輝けるんだ。

そう気づけた、あの日の千穂里の感動と同じ感覚を、彼も理解してくれていた。

勝手に一人ぼっちな気がしていた。

でも周囲と異なる自分だってこの世界で輝けるし、感じたことを表現し続ければ、きっと共感できる仲間が見つかる。

そう思って世界に飛び出したのに。

（なんだ、こんなに近くにいたんだ）

それを知れて、勇気がふつふつと湧き上がってきた。

全然、一人ぼっちじゃなかった。
千穂里（ちぼり）は感謝の気持ちを込めて、鴨川（かもがわ）君にメッセージを送る。
あの日青い世界で見た、赤い彼の姿が、すべてのきっかけになったのだ。
——自分は、自分の世界の中で主人公なんだ。
怖さがすーっと薄れていく。
あの時と、同じ気持ちでいいんだ。
自分自身が主人公の世界で、なにを恐れる必要があるんだろうか。
自分が歩もうとするその道が、正しい道になるのだから。
だから進もう。
千穂里は再び決意する。
ニューヨークに、行ってみようか。

『アフター・ザ・ドロップ』

一

夢を見ていた。
夢の中で、自分は人の身体を持っていなかった。
人とは違うなにかの姿で、宙に浮き、感覚だけがある。
真っ暗な空間だ。
音すらも聞こえない。
触感だけで今いる場所を把握しようとする。
ごつごつとした壁が右にも左にも、そして上にもある。
まるで洞窟のようだ。
奥へ奥へ進んでいく。すると、開けた場所に出た。
下からひんやりとした風が吹き上がる。
水が溜まっていた。

広い。湖のように大きな川だ。
意識がすーっと上へ向かい、天井にぶつかる。
降った雨が染み込んできたのか、洞窟の天井が濡れている。
やがて濡れた天井から生まれた一滴の雫が、川へと落下する。
それは、自分だった。
突然、世界が早送りになった。加速していく。どんどんと。
冷たい水に飲まれ、流されているのだ。
ごうごうと激しく猛る水流の渦に巻き込まれていく。
次の瞬間、白くまぶしい光に包まれる。
暗闇の世界から太陽の世界に踊り出る。
そこは、滝だった。
そのまま浮遊感と共に落下する。
勢いよく滝壺に叩きつけられ、白い飛沫を上げる。
また水流に飲み込まれて下流へと流されていく。
その先には水平線の向こうまで青が続く、大海が広がっていた。
一滴の雫は、広大な海に飛び出していく――。

※※※

まどろみの中にあった意識が、覚醒し始める。

一回、二回とまばたきをする。

目の前に白い天井が広がっている。

ゆっくりと手を握って、開く。握って、開く。

両足の指をそっと折り曲げて、元に戻す。

ぱりぱりの固い布団カバーが首に当たってちくちくしたので、掛け布団を押し下げた。

そっと首を左に向ける。

しっかりと閉じられた濃いクリーム色のカーテン。

そのカーテンの向こう側から、雨がしとしとと地面を打つ音が聞こえてくる。

六畳ほどの室内を見渡す。

テレビが備えつけてある木製の物置台。背の低いロッカー。肘掛けのついた一人用のイスが一つ。

個人のものがほとんどない借り物の空間。物置台に置かれたトランシーバーだけが、目に見えるところにある唯一の所有物だ。

天国にしては殺風景すぎるこの部屋は、佐久間雫(さくましずく)が入院する病室に間違いなかった。

どうやら自分は、今日もまだ生きているらしい。

個室に洗面台はあるが、トイレはついていない。

だから朝起きたら雫はまず廊下に出る。

（一、二、三）

手すりに掴まり、歩いていく。

朝、外来患者の診察開始前の病院はひっそりとしている。

（十五、十六、十七）

スリッパの薄い音が廊下に響く。

看護師さんたちは、入院患者の朝食配膳の準備などでばたばたと忙しそうだ。でも声のトーンは抑え気味だ。

歩いている途中に一度立ち止まって、大きく息を吐いた。

（三十五、と）

進んだ距離とゴールを見比べてから、再度歩き始める。

やっとトイレの表示板までたどり着いた。

（今日はトイレまで五十二歩）

昨日よりも一歩増えた。

ちなみに、入院した最初の頃は三十八歩だった。

雫が入院するのは、地域で一番大きな病院だ。

とはいえ地方の私立病院だから、入院しているのは百名か二百名程度。雫が日本で最初に通院した、入院患者が千名は優に超える大病院に比べれば、規模はかなり小さい。

病院で見かけるのはほとんどが四十代以上の人だ。その中でもおじいさん、おばあさんの比率が高い。

若者すら少ないのだから、ましてや長期で入院する子どもなんて、自分以外にあと一人しか知らない。

トイレから帰ってくると、雫の一つ手前の個室の扉が開いていた。

ひょいと中を覗く。病室の主がベッドの上で上体を起こしていた。

こんこん、と壁をノックして声をかける。

「おはよう」

窓を見ていた少女が振り返る。

新雪のように白い肌。あどけなさが残るもののはっきりとした目鼻立ち。遠目から見てわかるほど体はほっそりとしている。

頭には室内でも欠かさない黄色いニットの帽子。

着飾ればどこかのお姫様みたいになれるはずなのに、残念ながら今身につけているのは雫と同じ飾り気のないライトブルーのパジャマだ。

年齢は雫の一つ下の十四歳。

自分も人のことは言えないけれど、同じ歳の子たちより体が一回り小さく、幼い印象がある。

「……おはよ」

少女は——エリは、ぶすっとした仏頂面で、口をもごもごと動かした。

歓迎する様子はまったくないが、こうして挨拶が返ってくるだけでも初めに比べれば態度は随分と軟化していた。

最初に会った時なんて、目も合わせてくれなかったのに。

「調子はどう？」

「よかったらここにいないでしょ」

つっけんどんに返される。でも無視されなくてよかったと安心するのは、感覚がマヒしているからだろうか。

雫とエリは、入院患者のお隣さん同士だ。

この病院で個室を使うのは、お金持ちか重い病気の人である。

そして自分たちは、決してお金持ちではなかった。

二人は同じ病気だった。

「おはよう、雫君」

後ろから声をかけられる。看護師さんが個室に朝食を運んでくるところだった。

「おはよう」雫は入り口の通路を開ける。

「次、雫君の部屋にも行くからね」

お盆の上を見る。

食パン。マーガリン。サラダ。オムレツ。半切りのバナナ。パック牛乳。

「はぁ」

エリが露骨に溜め息を吐く。

気持ちはわからなくもない。食べ飽きてテンションの上がらないメニューではあった。

「ちゃんと食べてね。もう少しで退院できるんだから」

「……はい」

エリは全然気持ちのこもっていないか細い声で返事をする。

看護師さんは眉間にシワを寄せ、困った顔をしてから出ていった。

「またあとで遊びに来てもいい？　午前は診察があるんだ」

「……別に来なくていい」

「勝手にしていいの？」

「ドロップは来なくていいって言ってるでしょ！」

ドロップと呼んでくれるくらいには仲もいいのに。

「えー、でも道に迷って入って来ちゃうかも」

「隣でしょ！　隣！」

「元気、出てきたね」

雫に指摘されると、エリはバツの悪そうな顔をして目を逸らす。

こうやって少しくすぐってあげれば元気にもなる。

その度に雫の好感度が下がっている気もするが……。

雫が自分の病室に戻ろうとしたら、エリがぼそぼそとつぶやいた。

「……ドロップの今日の診察って誰にしてもらうの？」

「副院長先生だよ」

自分たちの病気は事例が少なく、そのくせに種類が多い。そのため本来なら、症例経験豊富な専門医のいる大病院でないと診療が難しい。

だからここに入院できる子どもは、ほぼ治っており専門的な治療を必要としないか、もはや治癒は見込めず対症療法のみとなっているかのどちらかであった。

幸いにもエリはほぼ治っている側の人間だった。

そして雫が後者であることは、エリも知っている。

「お昼ご飯、残しちゃったんだって？　有馬さん、困ってたよ。ご飯を食べないと元気にならないって」

エリの個室のイスに腰かけた雫は、お小言をつい口にしてしまう。

ベッドの上のエリが、むっとわかりやすく頬を膨らませた。

無理矢理部屋に入った時点で嫌そうな顔をされているので、雫は今さら怯まない。

「……だって、もうこれ以上元気になることなんてないし」

「リハビリ頑張って、許可さえ出れば、もう退院できるんでしょ？　体力つけなきゃ」

「退院なんかしても……どうせ意味ないよ」

エリが長期入院を経て退院するのは、一度目ではなかった。

普通の生活に戻れると希望を見せられた経験が、彼女にはあった。

それなのに再発してしまい、これが二度目の長期入院である。

「……もう、みんなと同じにはなれないし。同じ目に遭うくらいなら……」

本当はエリも退院はしたいはずなのだ。

でも退院して、三度病気になり、病院に舞い戻ることに怯(おび)えている。

実際、一般論から考えれば、再発した場合の生存率は低くなっていく。

だけど退院して、そのまま元気でいられる可能性だって十二分に残されている。

むしろその可能性の方が高いのだから、まだなにも諦める必要なんてない。

「自分も宝物、見つけたいんじゃないの？」

その言葉にエリははっと顔を輝かせ、でもすぐにうつむいた。

塞ぎ込んで周りを拒絶しているエリが、唯一前のめりになった瞬間があった。

雫がこの夏に経験した大冒険を話してあげた時だ。

たった二日間の、でも壮大な、二人の友だちとの冒険。

ドローンを探し求めて山に入り、熊に出会って、迷子になって、川にはまって、滝から落ちて、夜空を見上げて、なけなしの食料を分け合って、時には互いにぶつかりもして、ついにゴールにたどり着いた。

臨場感たっぷりに話したら、よっぽど興味深かったらしくて「それで、それで」と先をせがまれたほどだ。

「憧れる、って言ってたでしょ」

その旅の最後で、自分は宝物を手に入れた。

「だったらさ、リハビリも頑張って、退院を目指さないと」

「……いいって、もう」

「なにが？」

「わたしに構わないでって言ってるの！　無駄な時間を使わないでよ！　ドロップには他にやることがあるでしょ！」

とどめていたなにかがあふれたみたいにエリは叫ぶ。

「全然無駄な時間じゃないよ。むしろ今一番、エリと話したいって思ってる」

「普通さ、逆じゃない!?　ドロップがわたしを元気づけようとするんじゃなくて。だって、ドロップにはもう……」

「だから、もっと話を聞いてみたいのに僕を遠ざけようとしているの？」

「それは……」

エリがきゅっと口を結ぶ。瞳には涙がじんわり溜（た）まっている。

本当はやさしい子なんだ。

やさしくて、わかりやすくて、不器用で。

周りの人の期待がわかるから、怖くなって踏み出せなくなる。その気持ちは、雫（しずく）も身に覚えがあった。

「……とにかくわたしのことは放っておいて。そんな時間があるなら、ロウマさんやトトさんたちと過ごしてよ」

夏の大冒険を人に話してみて、わかったことがある。

あの二日間は、雫自身も驚くくらいに脳裏に焼き付き色あせていなかった。

ロウマとトトと交わした会話は、ほとんど思い出せる気すらした。

おかげで二人に会ったこともないエリまで、ロウマとトトの友だち気分である。なんなら雫じゃなくて二人の肩を持つくらいだ。

「あの二人は忙しいし、他にやることがいっぱいあるから」

「本当にそうなの？　二人が言ったの？」

「いや……ちゃんと話したわけじゃないけど」

いつの間にか守勢に回らされている気がする。

「勝手に決めつけたんでしょ。ドロップはいつもそうなんだから」

「い、いつも？　そうだっけ？」

「コーラを渡せば誰でも喜ぶと思ってるし」

「それは世の中の人の九十九パーセントは喜ぶから」

「わたしは嫌い。他にもいっぱいいるんだから」

べー、とエリは舌を出す。

「エリが例外すぎるんだよ。きっと二十歳になった頃には、味がわかっておいしく感じるから」

「お酒じゃないんだから」

あきれた顔をされた。

「とにかくドロップは友だちを大事にした方がいいの」

「でもエリも友だちだから」

彼女はきっと自分にとって、最後に出会った友だちになる。

エリは視線を外した。ぷい、と窓の方を向いてしまう。

「あ、耳が赤くなってるよ」

「気づいても言わないでよ！　デリカシーないの⁉」

ほっぺまで赤くなっていたけど、さらに怒られそうなので言うのはやめた。

「僕が宝物を見つけられたのに、エリにできない理由はないだろ？」

「……それはドロップが特別だから」

エリはベッドの掛け布団を引き寄せて、顔の下半分を隠す。

「全然、特別じゃないよ。一緒じゃないか」

「違うよ。絶対……違う。だってわたしはドロップみたいに……キラキラしてない」

雫の胸に暖かな火が灯る。

そっか。

キラキラしているように、見えているんだ。

「もし僕がキラキラしているように見えているなら、エリも同じだけ輝けるよ」

「やめて」

その一言は、今までと少し毛色が違っていた。

「でも本当のことだから」

なるべくやさしく雫は言ったつもりだった。

「怖いの。ドロップが」

怯(おび)えた声をしている。

「どうして？」

「……どうしては、こっちのセリフだよ」

エリは布団の中に潜っていく。今や目から上だけがぎりぎり外に出ている。

「どうして、友だちと会わないの？ 自分のために、なにかをしないの？ どうしてそんなに冷静でいられるの？ わたしに構っていられるの？」

それは、エリがずっと心の中に秘めていた疑問なんだろう。

「嫌なの。……悟ってるみたいにされるのが」

「悟っているわけじゃないよ。ただしたいことを……しているだけで」

言いながら、だんだんと雫は自信が持てなくなっていた。

「エリにも見つけてほしいんだ、宝物を。だってそうしたいって……言ってたから」

一方的にムキになりすぎだろうか。

「それが嫌。自分にはもうできないから……代わりにしてほしいみたいなこと、言わないで。そんなのドロップからだと……」

押しつけになってしまうだろうか。

今の自分の境遇を、周りは慮(おもんぱか)ってくれるから。

「……わたしだって時間がどれだけあるかわからない。大人にだって、もしかしたらなれないかもしれない。なのに勝手に希望だけ見せてさ……。全部が全部うまくいく、ハッピーエンドばかりじゃないんだ」

たまたま自分は運がよかったのだろうか。

失敗する可能性もあるのに、無責任に希望を見せるのは、残酷なことだろうか。

「……残される人のことも、想像してほしい。全員が全員、ドロップと同じ考えじゃないんだよ」

エリのように、踏み出せず躊躇(ためら)ってしまうのは、なにも不思議じゃない。

自分だって、ずっとそうだったかもしれない。

「僕もエリと同じだったよ。でも……」

じゃあどうして自分は——。

「違いが、きっかけが、あるとしたら……」

日本から遠く離れたあの場所で――。

「きっかけ?」

「……僕の昔話を聞いてくれないかな? うまく話せるかわからないけど、僕のことを知ってもらいたいんだ。……怖いって思われてるのは、さみしいからさ」

しばらく逡巡(しゅんじゅん)があってから、エリは頷(うなず)いた。

なぜ今自分が、この場所で希望と共に最後の日々を過ごせているのか。

自分でも曖昧模糊(あいまいもこ)とする感情の正体を、明らかにできるだろうか。

話していけば、なにかがわかる気がした。

二

人生の転機には、もっと先で出会うと思っていた。

正確に言えば、言葉として知ってはいても、まさか自分にやってくるものだとは想像もしていなかった。

それは遠い遠い未来にあるはずだった。

小学五年生の時だ。

雫（しずく）は両親と二度と会えなくなった。

当時十歳、もちろん一人で生きていけやしない。

ところが雫を引き取ってくれる親戚が近くにいなかった。

児童養護施設に入れるという話も出たみたいだが、最終的には、幼い頃何度か会ったことのある母方の祖父と一緒に住むことが決まった。

ここまでは、少数だろうが世の中で時折起こりうる話だ。

ただ他と事情が異なるのは、祖父が住む国だった。

祖父は、アイスランドに住んでいた。


祖父はれっきとした日本人である。

元からアイスランドに縁があったわけじゃなかったらしい。

だが当時まだ珍しかったヨーロッパ旅行で、アイスランド人の祖母と出会い、大恋愛の末に結婚する。

一度は祖母と日本で暮らし、子ども――雫の母親――を育て上げた。

それから今度は、元々祖母の家族が営んでいた牧羊を手伝うためアイスランドで暮らす道を選んだ。

なかなかダイナミックな人生だと思う。

雫が生まれた頃には、祖父母はアイスランドに居着いていた。だから雫とは幼い頃に数度会ったきりだった。

そんな数度しか会ったことのない祖父が雫を日本に迎えに来てくれた。

そして祖父と共に、アイスランドに飛んだ。

直行便がなくて、フライトには二十時間弱もかかった。

日本からそれだけ遠く離れた国だ。

祖母がアイスランド人なのは知っていた。だから親しみがないわけじゃなかった。

とはいえ親は日本育ちだし、アイスランド語も喋(しゃべ)れなければ、大してアイスランドに詳しいわけでもない。雫にはほぼなんの知識もないと言ってよかった。

とりあえず行くと決まって、日本で図書館に駆け込み、アイスランドについて調べてみた。

アイスランドは北大西洋に浮かぶ島国だ。

アメリカ大陸とヨーロッパの間にある、という言い方ができる。

島の大きさは北海道より少し大きいくらい。

人口は三十万人ちょっと。日本なら、多少大きな市程度の規模である。

首都であるレイキャビクとその周辺に人口の三分の二が集中していて、無人の地域も多い。

特に内陸部は手つかずの自然が残っており、それが観光客の人気を集めていた。人呼んで「炎と氷の国」。

活発な火山と氷河が共存する場所。

寒冷で乾燥した土地のためにまともな樹木が育たず、日本で見られるような森林はほとんどない。

背が高く視界を遮る木がないから大地はどこまでも見渡すことができる。苔におおわれた山と合わせて、ここにしかない特異な景観が広がっている。

また自然豊かな国であるものの、経済も発展しており教育水準も高い。

見たこともない自然。

その自然と調和しつつ、小国ながらも力強く生き抜く人々。

調べれば調べるほど、そこは雫が知っているどんな国とも違っていた。

そんな土地で、いきなり祖父と生活をすることになったのだ。

空港にから車で移動し、祖父の家に初めて足を踏み入れた時、思わず「おじゃまします」と雫は口にした。

「これからは『ただいま』だよ、雫」

祖父はやさしく肩に手をおいてくれた。

でもその笑みは、どこかぎこちなかった。

祖父と祖母はずっと仲良しで、夫婦二人、アイスランドで老後生活を楽しんでいた。

しかし数年前に祖母を亡くし、祖父は一人暮らしになった。

「なにも心配はいらないよ」

口では言ってくれたけれど、祖父が抱える不安は雫にも伝わった。

だって、そりゃそうだろう。

長年住みアイスランドに慣れたとはいえ、生まれた国ではない場所での一人暮らしだ。

それだけでも心細いだろうに、日本からやってきた、一緒に生活したこともない孫の世話をしなければならない。

そんな大変な状況で、祖父は一生懸命雫を想って気を回してくれた。

雫のために部屋を用意してくれた。現地語を覚えるための教材を事前に揃えてくれた。

慣れない料理だって作ってくれた。

でも頑張ってなにかをしてくれる度、雫はどうしようもなく申し訳ない気持ちになっていた。

自分がいなければ、もっと楽な生活ができていただろうに。

雫（しずく）にはもう一つ心配なことがあった。

学校だ。

授業はもちろん日本語じゃない。

アイスランドの公用語は、アイスランド語だ。

教科だって、学校生活の常識だって同じじゃなかった。

幸いにもアイスランドに渡ったのは、長い夏休み期間中だった。つまりほんの少し猶予があった。

だからその間に語学を少しでも習得して、生活にも慣れて、それから……。

やらなきゃいけないことは山のようにあって、でもなにからどう手をつけるのが正しいのか、わからなかった。

これから、どう進んでいけばいいのか。

そもそもどこを目指していけばいいのか。

友だちどころか知り合いすらもいない町で、自分は一人、まるで迷宮に迷い込んだようだった。

そんな日々の中で、今も脳裏から離れない光景がある。

日の入りと日の出がほとんど重なり合い、夜が存在しなくなる世界。

白夜(びゃくや)だ。
夏のアイスランドは、夜になっても日が沈まず、外が明るいままなのだ。
雫は真夜中にこっそりと家を抜け出したことが何度かある。
もちろん遠くには行かず、ただ空を見上げるだけだ。
薄ぼんやりとした青とローズピンクがグラデーションを奏でる。
夕焼けと朝焼けを一緒くたにした空。
見る方角を変える度にまた別の表情を見せてくれる。
夜でも、もちろん朝でも昼でもない。
異世界にやってきたんじゃないかと錯覚する。
その時だけは現実を遠くに置き去りにして、心おだやかなひとときを過ごせた。
頑張ろう。
一歩一歩、とにかく前に進んでいこう。
このアイスランドで頑張ろう。
学校でも頑張るんだ。
雫は密(ひそ)かに決意していた。
――だけど結局、学校に通うことはなかった。

頭がぼうっとしてふらついたり、吐き気を催したりすることは、日本にいる頃からちょくちょくあった。

それがアイスランドに来てから激しくなったのも、日本とは異なる環境に体が慣れていないせいだと思った。

日が沈まないまま眠りに就く違和感が拭えず、毎日寝不足だった。そういうのも影響しているんだと、勝手に思い込んでいた。

でもある日、真っ赤でさらさらとした鼻血が出て、止まらなくなった。

何時間経ってても止まらず、ただの鼻血だけど、おじいちゃんに連れられて病院に行くことになった。

そのあとの記憶は、ちょっと曖昧になっている。

初めは小さな病院に行ったこと。

数日後、今度はもっと大きな病院に行かされたこと。

繰り返される診察、検査。

ただ言われるがまま、されるがまま。

もはやなにかの実験体になった気分だった。

何人もの医者に診てもらったはずだけど、顔はあまり覚えていない。

代わりにおじいちゃんの心配そうな顔だけが脳裏にこびりついている。

医者はアイスランド語を使っておじいちゃんと会話をするので、雫が直接的に医者の話す内容を理解はできなかった。

おじいちゃんの通訳を頼るしかない。

ただおじいちゃんも日常生活ではなんの支障もないくらいアイスランド語が使えても、初めて聞く専門用語には苦戦していた。

おまけに、何重にもオブラートに包んで雫に医者の話を伝えてくれるので、なかなか全容を把握するのが大変だった。

ただ自分が重い病気であることは、徐々に悪化する体調とともに自然と理解できた。

自分はどうやら、小児がんらしい。


病状は相当進行していたらしく、問答無用で入院生活が始まった。

アイスランドでの新生活が始まったと思ったら、今度は入院だ。

激変に次ぐ激変に、感情がついていかない。

自分の陥った状況を悲しめばいいのか、怒ればいいのか。

感情は渦巻いているはずなのに、穴の空いた心からすべてが流れ出ていくようで、結局なにも残らない。

病気はもちろん恐ろしい。

自分が体の中から蝕(むしば)まれているなんて、想像もしたくない。

でもそれより怖くて堪(たま)らなかったのは、医者や看護師とのコミュニケーションがとれないことだった。

目に見えない病気より、現実で直面する問題の方がよっぽど恐怖になる。

診察にはおじいちゃんが付き添って間に入ってくれていた。しかし入院中までずっと付き添うわけにもいかない。

言葉がわからないから、自分の症状も正しく伝えられないのだ。

異変があれば教えろ、という内容を伝えてくれているのはわかっても、どこからが異変なのか、ニュアンスの判断がつかない。

病気じゃなくて、行き違いによる医療ミスで自分の体がどうにかなるんじゃないかと毎日ビクビクしていた。

なによりそれをどうにもできない自分が情けなくて、泣きたくなった。実際ちょっと泣いた。

ひとりぼっちの病室。自分の体には大きすぎるベッド。外から聞こえる異邦の言葉。

あの病室より孤独な場所は、世界中を探してもそうは見つからないと思う。

入院して数日は個室生活が続き、今度は相部屋に移ることになった。

「えーと、イエス、イエス」

部屋を移る際、看護師がなにやら説明してくれていた。

ただ残念ながら雫（しずく）には聞きとれなかったので適当に返事をする。

本当に重要な説明なら、身振り手振りを交えて説明すると最近わかったので、今のは大したことじゃない。たぶん。

雫の部屋はどうやら二人部屋だった。部屋の半分がカーテンで区切られている。人の気配があるのでお隣さんも在室のようだ。

（……挨拶した方がいいよね）

どう声をかけようか悩んでいると、カーテンが開いた。

美しいエメラルドグリーンの瞳を持つ少女が顔を覗（のぞ）かせる。

雫よりはお姉さんに見える。

そして頭全体を覆うように、すっぽりとニット帽を被（かぶ）っていた。

いきなりなにやらまくし立てられたのだが、アイスランド語なので聞きとれない。

すると雫の表情でなにかを察したのか、少女は英語に切り替えた。

「(あなた、さっきの説明、わかったの?)」

ゆっくり単語を区切って話してくれたので、雫もなんとか理解できた。

「(いいや……)」

「(よかった、英語ならわかるのね)」

アイスランドでは小学二年から英語を習い始め、多くの人が英語で会話ができる。

あとで知ったのだが、特に若者の方がネットを使って英語にたくさん触れるので、なんなら仲間内では普段から英語で話す子もいるらしい。

雫もまったく馴染みのないアイスランド語より、英語の方がまだ取っつきやすく勉強をし始めていた。日本で英会話教室に通った経験も生きた。

「(でも、本当に、ちょっとだけだよ)」

つっかえつっかえ単語を思い出しながら、なんとか雫は言葉を紡ぐ。

「(ちょっとなのはよくわかる)」

半ばあきれたみたいに少女は笑った。

本当はもう少しなにか言っていたが、雫にはすべては聞きとれなかった。

「(あなた、アジア系? 出身はどこなの?)」

「(日本)」

「(日本人! 初めて見た!)」

それが、雫とアンナの出会いだった。

※※※

どこから話し始めるかは正直、迷った。

あんまりにも昔話になっても仕方がない。

とはいえ、今の自分へと行き着く道筋を話さなくては意味がない。

長い話になりそうだったので、雫はエリから部屋にあったペットボトルの水を一本もらった。

「……そんなことが」

エリはたまに相槌（あいづち）をするくらいで、静かに雫の話を聞いていた。

ショックを受けたみたいに、唖然（あぜん）としている。

でも彼女は「可哀想（かわいそう）だね」なんて言わなかった。

そんな風に思ってほしくないから、普段は喋（しゃべ）らないようにしている。

でもエリなら構わないと思った。

病気になった人間は、誰しもがそれぞれの物語を抱えていることくらい、彼女はわかっている。

エリは「続き、お願い」と言う。その前には「よし」という小さなつぶやきも聞こえた。

まるで話に立ち向かおうと、気合いを入れたみたいだ。

「でもその前に、一個だけ聞いていい？」エリは言う。

「なに？」

「アンナって子、可愛い？」

どういう意図の質問かわからなかった。

「うん、可愛いよ」

「……どれくらい？」

「うーん、エリと同じくらい？」

雫が言うと、エリは酸っぱいものでも食べたみたいに、口をすぼめる変顔を披露した。

ほっぺたがひくひくと動いている。

「ドロップって絶対……すけこましだよね」

「えー、そんなの初めて言われたけど」

実生活であまり使わない言葉を言われた。

「ええと、それで。とにかくアンナと仲よくなっていくんだけど――」

※※※

アイスランドに来て初めてできた友だちが、アンナだった。

単刀直入に言って、アンナは話し相手に飢えていた。

アンナは病院でも古株になるほど入院が長い。自由のない生活には飽き飽きしている。しかも検査数値がよくない時は、部屋から出ることも禁じられてしまう。抜け出そうものなら大目玉を食らう。

なのに相部屋にはしばらく誰もおらず、囚人になった気分だ。病気じゃなくて退屈で死んでしまってもおかしくない。

……ということを言っていたのだと理解できたのは、しばらくあとになってからだったが。

アンナは快活な女の子だった。

初めて話した患者が元気すぎたおかげで、「入院って大したことないのかな?」と勘違いしてしまったほどだ。

アンナは隙あらば雫に話しかけてきた。

「(いつ日本から来たの?)」

「(ついこの前)」

「(ガールフレンドはいるの?)」

「(いいや)」

「(好きな食べ物はなに?)」

「(えーと、寿司(すし)。知ってる?)」

「(おー、スーパーでサーモンのスシを見たことがあるわ。スシってどんな味?)」

「(おいしい)」

「(好きなスポーツは?)」

「(サッカー)」

「(なにが好きなの?　得意だから?)」

「(走るから)」

「(アイスランドじゃサッカーとハンドボールが人気なんだよ。見たことある?)」

「(ハンドボールはない)」

　何度か聞き返せば、最低限の返事はできた。

　長い文章を操れないので一問一答になるのは仕方ない。それでも会話できているのだ。やればできるものだと、雫(しずく)本人は満足していたのだが……。

「(つまらない、つまらない、つまらない、つまらなーい!)」

　三日もしたらアンナがキレた。

　確かに二日目くらいから、ネタ切れになって同じ質問を繰り返している時点で、怪しいと感じていた。

初めのうちは楽しくても、百問百答になってくると、苦行じみてくるのだ。

本気でまくし立てられると全然聞きとれないが、まともな会話になってないと怒っているのはわかった。

「(でも英語は難しいんだよ！　簡単に話せないよ！)」

雫も黙って言われっぱなしじゃいられない。

「(勉強しなさい、英語)」

シンプルすぎる解決策を突きつけられた。


病室でアンナによる英語の特訓が始まった。

「(わたし今、ベッドの上でくつろいでいます。見上げると、蛍光灯が見えます。窓の外には太陽があります)」

「(次！)」

「(アンナは元気な十三歳の女の子です。可愛(かわい)くて、気が利いて、頭がよくて、将来間違いなく世界中の人に憧れられるすごい人になるでしょう。……いつも偉そうですが)」

「(わたしの例文に余計なものを付け足さないでよ！)」

まずは例文の暗唱から始まった。

「(少しだけスラスラ話せるようになったけど、まだ表現力が足りないわね。次は、これよ)」

今度はアンナから英語のペーパーバックを手渡される。

「(本かぁ……)」

「(文句あるの?)」

「(大変そうだなぁって)」

「(いいから、読みなさい)」

挿絵もない百ページを超える本というハードルの高さに尻込みしつつも、時間だけはたくさんあったので、辞書に手伝ってもらいながら雫は読書に励むことにした。

読み始めは一文一文を理解しなければならないと肩肘張りすぎて、しんどかった。

だが途中で完全な理解は無理だと気づき、単語の拾い読みに切り替えた。

するとそれだけでも意外に内容はわかるもので、だんだん物語にのめり込めると楽しくなってくる。

読み終わる頃には英語力も上がる、とてもいい勉強法だと思った。

ところが……。

「(黙って本を読まれたら、わたしがヒマになるじゃない!)」

「（アンナも本を読みなよ）」

自分から本を読めと言ったのに。

「（本はたくさん、たーくさん読んだから！　これ以上読んだら暖炉で孫に読み聞かせするおばあちゃんになっちゃうから、もう読めないの！）」

理屈はよくわからないが、とにかく今は本を読みたくないらしい。

比喩っぽい言い回しを多少理解できたのは読書パワーだ。まだ話すのは難しいが……。

アンナは「（なにか一緒にできるような……）」と一人でぶつぶつ言っている。と思ったら。

「（歌は？）」

思いつきらしいアイデアを、アンナは吟味し始める。

「（英語の歌……難しくなくて簡単なもの……）」

「Twinkle, twinkle, little star, How I wonder what you are——」

透明で澄んだ歌声が室内を満たす。

温かな調べが心地よい。

目を瞑（つぶ）ると、まるでやさしく抱きしめられているようで、ふんわりと体が軽くなる。

すごく上手だった。

雫はアンナの歌声に身を委ねてから、はっと気づく。

「それって、もしかして……」

「きーらーきーらー　ひーかーるー　おーそーらーのーほーしーよー」

「だよね？」

雫が歌うと、アンナは目を丸くしていた。

「(日本語の歌詞もあるの？)」

「(歌われているんだね。世界中で)」

アンナが見る見る顔を輝かせる。

「(やっぱり歌よ……！　歌で英語を勉強しましょう！)」

「(漢字ってそれだけで意味を持ってるんでしょ？　シズクの名前って、どういう意味なの？)」

廊下を歩いている途中、アンナにそんな質問をされた。

複雑な説明はできず、直訳するならば「drop」になると教えてあげる。

「(ふーん、ならあなたは今日からドロップね)」

「(シズクじゃダメなの?)」

「(全員が呼びやすいとはかぎらないでしょ)」

しばらく病室に籠もりきりの生活が続いたが、雫にも、そして調子のよくなったアンナも外を歩き回る許可が下りた。

早速アンナから「散歩しない?」と誘われて院内を歩いている。

教えてくれないが、目的地ははっきりしているようだ。

「(ここよ!)」

ほとんど引っ張られるようにしてたどり着いた部屋は、入院している子供たちの溜まり場だった。

「(みんな久しぶり! わたしの新しいルームメイトを紹介するね、ドロップよ!)」

アンナは英語と、続けてアイスランド語でも雫を紹介してくれた。

大きな病院だったので、自分以外にもたくさん入院中の子どもがいた。

雫より年上もいれば、ずっと小さな子もいる。

ぱっと見て症状がわかる子も中にはいた。

でも大半はどこが悪いのか話してくれないとわからない子ばかりだった。

全然みんな普通で、明るくて、悲愴（ひそう）感なんてまるでない。

早速年上の男子から話しかけられる。

「（英語ならわかるの？）」

「（ゆっくり話してくれれば）」

「（うまいじゃないか）」

「（アンナに鍛えてもらっているから）」

「（おっと、それは大変だね。アンナは怒ると怖いだろ？）」

「（すごくね）」

「（そこ！　わたしの悪口を言ってない!?）」

「（ないない、言ってない！　なあ、ドロップ？）」「（もちろん！）」

地獄耳のアンナが背を向けると、男子は雫（しずく）にウインクして見せた。

雫もサムズアップを返す。

アンナのおかげですぐ友だちができそうだ。ダシに使ったことは……英語がもっとできるようになればきっと許してくれる。

「（外に行きましょう！　せっかくのいい天気がもったいないから！）」

アンナはアイスランド語でみんなに声をかけていたから、そのあと英語を使ったのは雫のためだと思う。

病院の敷地外には出られない。

みんなでぞろぞろと向かったのは、院内の中庭だった。

(遠足みたいだ)

入院してなにもできないんだと諦めていた。

だからこんな風にみんなと過ごせることが嬉しかった。

「(気持ちいいね)」

近くにいた自分より幼い男の子に声をかけてみたら、無言で後ずさられた。

「(英語がまだわからないんだ)」と他の男子が教えてくれる。

怖がらせてしまったかもしれない。申し訳ないことをした。

「(シズク……じゃなくてドロップ。せっかくだからみんなで遊びたいと思わない?)」

アンナに言われた。

「(うん。アイスランド語も勉強しないとね)」

「(無理よ。英語すらできないのに)」

相変わらずズバズバと遠慮がない子だった。

「(でもこれだったら……みんな歌えるかもしれない)」

アンナがみんなが作る円の真ん中で、歌い始める。

「Twinkle, twinkle, little star,
How I wonder what you are
Up above the world so high,
Like a diamond in the sky」

太陽の下で聴くアンナの歌声は、まるで天からの贈り物だ。
みんながうっとりと聴き惚れ、それからみんなで合唱が始まる。
歌詞を覚えていない子には、お兄さんお姉さんが教えながら。
アンナや雫たちの歌声に気づいた大人たちが、目を細めている。
それはささやかながら、けれど間違いなく、幸せな瞬間だった。

でも当たり前だけど、入院生活は楽しいことばかりじゃない。
抗がん剤治療が始まっていた。

副作用の話は病院側からも聞いていた。経験者からも教えてもらっていたし、覚悟はしていた。

だけど、想像以上だった。

最初に襲ってきたのは強烈な吐き気だ。

何度も何度も吐いてしまう。

一時は吐き気止めの薬や水さえ飲めず、脱水症状寸前になった。

もっと吐きたくても、胃の中は空っぽでなにも出てこない。代わりに苦い胃液が上ってきて、さらに気持ち悪くなる。

食事はまるで喉を通らなかった。

おまけに下痢まで襲ってくる。

体の中のものすべてが出ていって、干からびてしまうかと思った。

トイレに何度往復したかわからない。

鏡を見なくても実感できるくらいに、げっそりした。

地味に口内炎も辛い。右にも左にも、舌の裏にも口内炎が現れる。しかも何個も同時にできて、一個治ったと思ったらまた新しいものが生まれている。口を動かすだけでピリピリ痺れて、話すのも億劫になった。

あんまりにも副作用がしんどくて、体を元気にするための治療を恨みたくなる。

治療を始めて二週間程度経つ頃には、噂どおりに髪の毛も抜けた。少しずつ抜けるのではなく、ごっそりと抜ける。手ぐしをするだけでおぞましいくらいに髪の毛が抜けた。

わかっていても、ショックな光景だった。

髪の毛をほとんど失った時には、取り返しのつかないところまできてしまった気がした。もう元の生活には戻れないんだ。

ここまでしなきゃいけないのか。いつまで続くのか。逆に体を痛めつけているだけではないのか。

生きることは、こんなにも苦しいことなのか。

「(これ、あげる)」

弱気になる雫を支えてくれたのは、それらすべてを先に経験し、戦っていた少女——アンナだ。

髪の毛の抜けた雫に、アンナが赤いニット帽をプレゼントしてくれた。

「(わたしのお小遣いを使ったんだから、感謝しなさい)」

普通に渡してくれればいいのに、照れ隠しなのか偉そうに言うのがアンナらしかった。

掠れる声でありがとうと伝える。でもその一言が限界で、笑顔も作れない。

そんな弱り切った雫を見かねたのだろう。

「(大丈夫だよ。髪の毛なんて、また生えてくる)」

アンナは普段からずっと帽子を被(かぶ)っている。

だから雫の前で頭を見せてくれたのは、その時が初めてだった。

一度すべてを失った頭皮に、産毛のようなやわらかい、金色にキラキラと輝く髪の毛が生えてきている。

赤ちゃんみたいで、可愛(かわい)いかった。


渦中では永遠に思えても、後半戦に差しかかると抗がん剤の副作用も落ち着いてはくる。

終わりが見えると、ほんの少しずつだけど元気が出てきた。

「(ドロップに、夢はあるの?)」

アンナにそんな質問をされたことがある。

夢なんて、すべて忘れてしまっていた。

いつまで生きていられるかもわからないのに、考えている余裕すらもない。

「(アンナは?)」

言葉に詰まった雫は、質問で返した。

「(わたしは……)」

アンナは言いかけて、はたとなにかに気づいたように口を閉じる。

ニヤリと笑って、さっきから手に持っていたポーチを漁る。

「(答えを言うだけじゃつまらないから、実戦してあげる)」

ファンデーション。アイシャドウ。マスカラ。ビューラー。チーク。リップ。

ポーチの中身は女子の玉手箱だった。

「(今……どうなってるの?)」

「(あとで鏡を見せてあげるから)」

なぜこうなったのか。

アンナに言いくるめられて、雫は化粧を施されることになっていた。

しかも本格的に。かれこれ三十分は顔を弄られてしまった。

「(遊んでない?)」

「(メイクはいつだって真剣よ。……さあ、もういいわ)」

手鏡を渡され、恐る恐る雫は鏡を覗き込む。

(絶対変顔になってる。落書きされているかも……)

そう思っていたのに。

自分が持つ手鏡の向こうに、可愛らしい女の子がいる。

後ろにいる誰かが映り込んだのかと、背後を振り返ってしまった。

「(これが……僕?)」

顔色の悪い入院患者の男の子は、そこにはいなかった。

輝く肌の美少女が映っているのだ。

驚いた。本当に女の子にしか見えない。

「(似合っている。ドロップはすごく素質があるわ。モデルとして)」

「(それはあまり嬉しくないけど……)」

アンナはケラケラと笑う。

「(メイクアップアーティストになりたいの)」

はっきりと彼女は夢を口にした。

視線の先には、確かに未来が見えていた。

ただ――、アンナの病状は深刻なはずだった。

大人になることが、難しいくらいに。

だからその時の雫には、アンナがどういう意図で夢の話をしているのか、理解できなかった。

その未来の先に立つ姿を本当に想像しているんだろうか。

なにか言おうと思って、笑顔を作ろうとすればするほど、表情筋がうまく動かなくなる。

そうなんだ、頑張ってね。

簡単に言えるはずの言葉が出てこない。

そんな雫を見かねたのだろうか。

「（ドロップ。メイクの仕方教えてあげよっか？）」

アンナがイタズラな顔で言った。

「（僕ができても、意味がないよ）」

「（いつかメイクの腕が、ドロップの人生を助けてくれる場面がくるかもよ？）」

「（……どんな状況？）」

「（いいからメイクさせなさいよ）」

「（自分が練習したいだけじゃないか!?）」

強引がすぎて、強張った顔の筋肉も自然に緩み、笑ってしまう。

「（で、ドロップの夢は？）」

逃がしてはくれないみたいだ。

そう言えば人に気を遣って、立ち止まる子じゃなかった。

「（夢じゃなくてもいいや。退院してやりたいことはないの？）」

退院してからのことなんて、これっぽっちも考えていなかった。

戻るべきと言える場所が、今の雫にはないのだ。

しかし黙っていてはいつまでも解放されそうにないので、なにか思い当たるものはないかと必死に考える。

「(じゃあ、行きたいところでもいいから)」

まだほとんどアイスランドのことを知らないので、行きたいところも——いや。

郷愁のように、思い出す。

アイスランドに来るずっと前の、雫が日本にいたまだ幼い頃。

日本に祖父母がやってきたことがあった。

まだ小さかったからほとんどの内容は覚えていないのに、ただ一つだけ鮮やかに残る記憶がある。

アイスランドに引っ越してすぐそれを思い出し、おじいちゃんにあらためて教えてもらった話。

「(一カ所、探してみたい場所がある)」

地球を真っ二つに切り裂くような、深い谷に流れる黄金の滝。

その滝のふもとに、幻の赤い電話ボックスが立っている。

おとぎ話のような、噂話(うわさばなし)。

その電話ボックスに入って、滝が黄金に輝く瞬間に立ち会うことができたら、電話が僕に必要な宝物がなにかってことを教えてくれる——。

雫がたどたどしく説明をすると、アンナはにんまりと笑みを深めた。

「(すごくいいじゃない！　夢のないドロップにぴったり！)」

もうちょっとオブラートに包んで言ってほしい。

「(じゃあドロップ、絶対にそこに行って宝物がなにか教えてもらって。約束)」

「(でもちゃんとした場所もわからないし……。というか、おじいちゃんが本とかで読んだ作り話だろうから……)」

「(約束)」

「(勝手に約束されても……)」

「(ならわたしからの、命令！)」

強権が発動した。

こうなったアンナがこちらの話に耳を傾けるはずがなかった。


季節は巡り、雫(しずく)も年齢を重ねる。

その間に手術も経験した。

手術より麻酔で暗闇に落ちる瞬間が怖かった。眠って、もう二度と起き上がれなかったらどうしようと、不安だった。

体感的には一瞬目を閉じた、次の瞬間にはすべて終わっていた。術後に看護師に声をかけられた時、まだ手術前だと思って、もう一度目を瞑ろうとしてしまった。

雫に一時的な外泊の許可が出されたこともあった。ただおじいちゃんと医師とも相談した結果、病院に残ることにした。

その頃はおじいちゃんも体を悪くし、体力が衰えていたのだ。

もし雫になにかあった時、おじいちゃんだけでは心許ない。逆に雫のせいでおじいちゃんに余計な負荷がかかるのも避けたかった。

入れ替わりの激しい病院の中で、雫も入院期間が長い子どもの一人になっていた。長期入院よりも短期入院の患者の方が圧倒的に多いのだ。

アンナとも違う病室になった。

暇を持て余すことが増えた。

そうすると、嫌でも思い出してしまうことがあった。

一方的に取りつけられた、幻の電話ボックスを探す約束だ。

無理矢理させられた約束だったかもしれない。

でもそれは、アイスランドに来て初めてできた、目標らしきものだった。

別に全然、まったく、自分のために行こうとは思わない。

だけど仕方なく、まあ約束と言われてしまった手前もあるし、なにより怒られるのが嫌だから、退院できたら探しに行くだけは行ってみようと思った。

おじいちゃんに買ってきてもらって、初めてアイスランドの詳細な地図を広げた。

国内にたくさんの滝があることも知った。

アイスランドは雨だけではなく、雪や氷河といった形でも水を豊富に有する国なのだ。

だからその滝は大規模で、壮大で、日本にある滝とはまるでものが違う。

観光名所になるような巨大な滝ですら、十、二十とある。

さらに毎年雪や氷河が溶け出し、流れ出すことで、新しい滝が生まれてもいく。つまり規模の小さなものまで合わせれば、正確な数を把握することすら難しいのだ。

地図と、それから観光ガイドとにらめっこしながら、めぼしい滝の選定を始めた。

同時にルートを考える。

（一日目は北へ……、一度家に帰って、今度は泊まりがけで……）

実際に行くかどうかは別にしても、旅の予定を立てることが、楽しかった。

その時だけは、自分が病院のベッドの上にいるのを忘れられた。

何日も踏みしめていない、大地の土の感触を思い出せる。

元気になった自分の姿で、未来に飛んでいくことができる。

いつの間にか前向きになれているのだ。

ほんの少しだけ、未来を見据えるアンナに共感できた。

アイスランドに来てから、ずっと暗闇の中を彷徨（さまよ）っているようだった。

すべてが手探りで、どちらが前かもわからないから歩み出せすらしない。

そんな闇に未来から一筋の光明が差し込む。

光を追っていけば、自分はどこかにたどり着けるのかもしれない。

そんな希望の光を見続けられる日々は、しかし長くは続かない。


また冬がやってきた。

アイスランドという響きからも、極寒のイメージがあった。しかし暖流や火山の影響もあって、緯度ほどの気温の低さはないのだ。流石に最低気温は零度を下回る日が多くとも、極端な寒さにはならない。

寒さよりも問題になるのが太陽だ。

夏はずっと日の光で明るいアイスランドだが、逆に冬は極端に日照時間が短くなってしまう。

平均して、四、五時間しか太陽が昇らない。

たまに朝寝坊して起きても、外はまだ真っ暗だ。

十時前になって、やっとオレンジ色の朝焼けが見えるようになる。

一番日が高い時間になっても、すぐにでも沈んでしまいそうな低い位置にしか太陽が昇らない。そして十五時台にあっという間に姿を消す。

大地を照らしている暇などないんだとばかりに、太陽が急ぎ足で去っていく。

夜との付き合いが自然と長くなる。

物思いに耽る時間も否応なく延びる。

病院の外の世界でも、冬は出歩く機会が減るのは同じだ。だからアイスランドは読書が盛んな国らしい。なるほど納得である。

その頃、アンナの症状が悪化の一途をたどっていた。

時には面会謝絶になる時もあった。

そんなアンナとひさびさに話す機会ができた。

「(今度、手術するんでしょ?)」

アンナの個室に入って、雫から声をかける。

雫の英語も随分上達していた。アイスランド語も、挨拶くらいはできるようになった。

「(まあね)」

アンナは体を起こさず、ベッドに横たわったままだ。ちょっと疲れているだけだと、思いたい。

「(手術しないともうこの先が、見えちゃうみたいだから)」

手術がうまくいかなければどうなるのとは、聞けない。

次の話題に困っていると、アンナが口を開いた。

「(ねえ、ドロップ。わたしとの約束、覚えてる?)」

「(約束って……あの黄金の滝の?)」

「(宝物、絶対に見つけてね)」

最後のメッセージのように聞こえたのは、きっと自分の過剰反応だ。

「(本当にそんな電話ボックスがあればだけど……。見つかっても、見つからなくても、結果は教えるね)」

だから絶対に手術を成功させてねと、口にはせず伝えた。

「(待ってるわ)」

それからアンナは、挑発するみたいにふんと鼻を鳴らしてから言う。

「(そんな電話ボックスに頼らずに、夢を見つけてくれてもいいんだけど)」

病気に冒されていつまで生きられるかもわからないのに、どんな夢を描けばいいのだろう。

もし今願いがあるとすれば、それはもっと単純なものだ。

早く元気になって、おじいちゃんに迷惑をかけないで済みますように。

アンナが元気になりますように。

アンナの夢が叶(かな)いますように。

雫(しずく)は、アイスランドの長い夜の空で輝く星に、願った。

奇跡という名の希望の星が、どこかに浮かんでいると信じた。


でも、奇跡は起こらなかった。

アンナがメイクアップアーティストになる夢を叶(かな)えることは、なかった。


人間が一人、いなくなった。

たぶんこの地球上にありふれていて、なんならこの病院でもしょっちゅう起こっているできごとだ。

人はこの世からいなくなる時、なにを残すのだろう。

思い出は残る。話したことだって覚えている。

でも悲しみの涙が消えた頃、もっとも大きく自分とアンナの間に残ったのは、いや、残ってしまったのは、約束だった。

約束は、未来への希望のはずだった。

でもアンナがいなくなった今、その約束は雫の枷(かせ)になった。

それは果たさなければならない。いなくなった彼女との約束だから。

交わした言葉が、自分を縛りつける。

しかしそうなってしまうと、本来彼女が望んだこととズレている気がする。

苦しみながら約束を守ろうとすることが正しいんじゃない。

アンナはきっと雫に希望を見つけてほしかっただけだ。

本意を知りたくても、もう話すことはできない。

だからああだこうだと考えて、ぐるぐる同じ経路をたどっては、振り出しにまた戻っている。

夜の空に光は途絶えて、また闇がやってくる。

三

「それってつまり、約束をしなければよかったってことじゃないの？」

エリが話を遮り、口を挟んだ。

「アンナさんの気持ちも……わかるっていうか、わかりたいっていうか……。でも……」

「ごめん、アンナのことは気にしないで……って言われても難しいと思うけど。話したいのは、僕の話だから」

感傷に浸りすぎたかもしれない。淡々と話しているつもりでも、きっと自分の感情が滲（にじ）み漏れている。

そうだね、とエリは言う。踏み込むべきじゃないと思ったのかもしれない。

アンナと雫（しずく）の関係を重ね合わせてほしいわけじゃないのだ。

それはアンナと雫の話であって、今のエリと関係はない。同じように扱うことは、どちらに対しても失礼だ。

「じゃあアンナさんのことは脇に置いて、言うけど」

余計なことは取り払うかのようにエリは強い声を出す。

「勝手な約束を、今度はわたしに、残そうとしているんじゃないの？」

手厳しい言い方だ。でもエリがそう言うのも間違いじゃない。

「元気になって宝物を見つけろとか言うけど……。ドロップはたまたま運がよくても、そうじゃない人だってたくさんいるって、わかってるじゃん」

奇跡は極まれにしか起こらないから、奇跡なのだ。

「続きがあるから、もう少し付き合ってもらってもいいかな？」

エリに贈るべき正しい言葉の答えは、まだ出せない。

※※※

再び手術を受けることになった。

今度うまくいけば、一時的な外泊ではなく退院も視野に入るという話を入院してから初めてされた。

おじいちゃんも喜んで、学校に通う手続きをしなきゃな、なんて言っていた。

誰も悪い結果になる可能性を口にしない。もちろん大人は、最悪の結果も含めすべて想定済みなんだろうけど。

手術自体はうまくいった。

みんなにはこれで大丈夫だと口々に言われた。

再発の可能性はかなり低い、と。

しかし後日の検査結果を知らされる際の重苦しい雰囲気で、察した。

雫は、運悪く確率の低いカードを引いてしまった。

その手術がダメだった時の話を、なぜ大人がしたがらなかったのか、その時わかった。

もしそうなってしまった時には、もはや打つ手がないからだった。

抗がん剤治療も、手術も、無駄だとは言わない。

病院のスタッフはみんな全力を尽くしてくれた。雫だって、おじいちゃんだってできるかぎり頑張った。
だが結果は、覆らない。
雫のがんは寛解に至らず再発し、残るは対症療法のみとなった。
余命は、長くて二年。
雫が十三歳の、冬のことだった。

これまでもぼんやりと意識することはあった。
夢に見ることもあった。
でもなるべく考えないようにしていた。
自分の人生が終わることなんて、普通は想像しないし、考えたくもない。
自分の人生はなんだったんだろうか？
なにが残るのだろうか。
なんの意味があったのだろうか。
大人にもなれない自分が、世界に対してなにか大きな貢献をすることもできない。
自分は幸せだっただろうか。
胸を張って言えるだけの根拠がこの両手にあるのか、わからない。

でもせめて幸せだったと言い切りたかった。

それがあとに残る人のためになると、感覚的にも思う。

なにより自分のために、そうありたかった。

せめて、せめてだ。

嘆いて悲しんで終わる人生でありたくない。

残り短いのだから、笑って楽しく過ごしたい。

雫の人生は間もなく、幕を閉じる。


治癒の見込みがなくなり、いわゆるＱＯＬ（生活の質）を重視する段階に入った。しばらく病院通いは必要だが、雫の退院に向けた検討も具体的に始まった。

幸いと言っていいのか、骨や筋肉に大きな障害はないので、人並みに動き回ることはできた。がんとその治療による晩期合併症で体の成長は平均よりかなり遅れているが、だからといって生活に支障はない。

それよりも大きな問題があった。

「日本に行こう、雫」

一時外泊で家に戻った雫に、おじいちゃんは言う。でも。

「……無理だよ」

「雫のためには、日本でちゃんと日本人の体に合った治療をした方がいいんだ」

「知ってるよ、それは」

当初から言われてはいたことだった。

そもそも症例の少ない小児がんで、さらに北欧系とアジア系の身体差もあるため薬の適切な投与量も手探りだったという話は聞いていた。

「もしかしたら、日本で別の治療法が見つかるかもしれないし……」

治癒の可能性は少ないが、余命が伸びるかもしれない。むしろこのままアイスランドでの治療には限界がある、というのが医者の見解だった。人口の多い日本の方がまだ似た症例が見つかりやすいのも、理由の一つのようだ。

自分の体のために日本に渡った方がいいのはわかる。

「だとしても、だよ」

「どうして……」

おじいちゃんは必死に無理をしてくれている。

だから雫は告げるしかなくなる。

「おじいちゃん……その体で日本に行けるの？」

その頃、おじいちゃんは体調を悪化させ、ついには車椅子生活を余儀なくされていた。

体力面を考えても日本に飛ぶのは厳しい。

仮に日本に行けても、生活の基盤がない中で要介護者とがん患者の二人暮らしは、無理がある。

二人での生活が厳しいのは、アイスランドでも同じことだった。

外部の人の助けも借りながら、長い話し合いになった。

その間にもおじいちゃんの状態は悪化していった。

雫も家での生活と、短期入院を繰り返すことになる。入院はおじいちゃんの負担軽減のためでもあった。

おじいちゃんは体が辛い中、手を尽くしてくれて、やがて別の案が浮上した。

日本人の体に合った治療を受けられるよう、母国の日本に雫を帰す。

そして、おじいちゃんの代わりに現在アメリカのシアトルに住む伯母夫婦に雫の面倒を見てもらう、という案だ。

雫にとっては、降って湧いたような話だった。

伯母さんに会ったこと自体はある、らしい。だが雫の物心がつく前だったので、まるで記憶がない。

気持ち的には初対面なので、テレビ電話で話す機会を設けてもらった。

伯母夫婦は悪い人じゃなかった。

そもそも伯母夫婦にしてみれば、アメリカでの仕事や生活を投げ出して、いつ病状が悪化していなくなるかもわからない、なにかと手のかかる子どもを突然引き取る話なのだ。苦悩しながらその話を承諾してくれた時点で、雫にしてみれば感謝してもしきれない。

でも決して歓迎されていないのは、わかってしまった。

結局、おじいちゃんの体のことも考えて、雫は日本で伯母夫婦と暮らす決断をした。

アイスランドにほんの少し馴染んだと思ったら、今度は日本に舞い戻る羽目になった。

また見知らぬ土地で、ほぼ見ず知らずの人と一緒に、雫は最期の時を過ごすのだ。

流石にその時は、なんなんだろうと思った。

すべてを恨みたくなった。

一人でアイスランドに放り出される孤独を味わった。

そこでいきなり病気に冒され、辛い闘病生活にも耐えた。

余命すらも受け入れた。

これ以上なにを耐えろというのだ。

残り時間くらい、ただおだやかに過ごさせてくれないのか。

誰も悪くないのは知っている。

だから許せなかったのは、その運命だ。

その運命を与えた、なにかだ。

いっそ、もう早く終わりがくればいいのにとすら思った。


日本行きの航空券が手配された。

薄っぺらな紙に印字された無機質な文字の羅列を、雫はじっと眺める。

紙には自分を運ぶ日付と時刻が記されている。

まるで天国行きのチケットだと、不謹慎にも思った。

（人の寿命はあらかじめ決められているんだ）

そして決まった日付、決まった時間に、あの世へと運ばれていく。ただ本人にもそれがいつかわからないだけで。

飛び立ってしまえば、もうこの世界で成し遂げられることはなにも残らない。

人生最後の、人生が終わるフライトになるのだろう。

雫は想像する。

澄み切った夜空を飛ぶ飛行機。

遥か上空、雲よりももっと上。

自分の席に突然ぽっかりと穴が空き、一人だけ空へと堕ちていく。

そして一つの星になる——。

不意に、風が吹いた。

夢の中で、雫（しずく）は夜空の真ん中にいた。

見上げているのではない。空の真（ま）っ直中（ただなか）を飛んでいるのだ。

自分は星になっていた。

夜空は暗く、冷たかった。

びゅんびゅんと低く唸（うな）る風の音が渦巻いている。

宙を掻（か）いて泳ぐように動きたくても、前後左右上下もわからないから、溺れているのとなんら変わりはない。

体がぐるぐると回転する。それに合わせて世界が回転する。

ちらりと光が見えた。

キラキラと輝くそれは、自分とは別の星だ。

その星を、まるで旅人にとっての北極星のように目印にした。

そちらに向かって一直線に進んでいく。

星に導かれて前進するうちに、どこからともなく歌声まで聴こえてきた。

――そこで雫は、夢から覚めた。

思い出した。

自分には、約束があった。

絶望の中の、最後の希望。

唯一、アイスランドに残した忘れ物。

黄金の滝に佇む、幻の電話ボックス。

そこで滝が黄金に輝く瞬間に立ち会えたら、電話が宝物を教えてくれるんだ。


十四歳の秋、雫は一人で旅に出た。

ボードに「FRIENDS」のロゴマークが刻まれたイエローのキックスケーターを相棒に。

病室で読んでいたアイスランド全土地図と、幼少期に雫が描いた黄金の滝の絵を握り締めて。

絵は描いた張本人なのにすっかり忘れていた。

雫が話を聞かせてもらったその時に描いて、祖父母にプレゼントしていたらしい。おじいちゃんは大切にその絵を保管してくれていた。

アイスランドは豊かな自然にすぐ飛び込める。

たとえ首都のレイキャビクであろうが、町から車で少し行けば、あっという間に大自然の中だ。

ガードレールのないアスファルトの道路が、だだっ広い草原を突き抜けていく。

交差が少なく、地形に合わせて上下し曲がりくねる道路は、まるで人専用の獣道だった。高い建物も高い木もないため、道路からは地平線がよく見える。

大地の果てが、空に浮かぶ雲と交わる。

ここでは空が遠くて近い。

走る車の外に、時折ぽつんぽつんと家が見つかる。近くに羊の群れがいるから、牧畜を営む人たちのものだろうか。

山岳地帯に入っていくと草が貧弱になり、岩と土の世界が待っている。

アイスランドの山は、木々の濃い緑で覆われた日本の山とまるで違う。

樹木のない赤茶色の山の素肌を、黄緑色の草と苔(こけ)が覆って、色が複雑に絡み合うまだら模様を作り出している。

その山の中に生き物が潜む気配は、感じられない。

谷を抜ける際は、ゴツゴツとした山肌が間近に迫る。

幸いにも今は天気に恵まれているが、雨や嵐に見舞われて空が黒く濁れば、恐ろしい姿に一変するだろう。

今晴れているからと言って安心できないのが、アイスランドだ。ころころと天候が変わる。

晴れていると思ったら、五分も車で進めば雨が降り嵐になってもおかしくない。

強風は凄(すさ)まじいものがある。日本のちょっとした台風程度の風が、日頃から平然と吹き荒れている。だから雨でも傘は役に立たず、レインコートが必須だ。

アイスランドの人々は自然を汚すことを極端に嫌う。

彼らは最低限しか自然に人の手を入れない。敬い、共存しようとする。

この雄大さと険しさを前に、まさか手懐(てなず)けようとは思えないのだろう。

目的地に送り届けてくれた運転手に丁寧に礼を言って別れる。

車を降りた瞬間から、雫(しずく)は滝の激しい轟音(ごうおん)に圧倒された。

地上二十階建てビルほどはあろうかという落差。

横幅は優に二十五メートルプールくらいはある。

えぐられた崖の岩肌から、洪水のごとく水が流れ落ちていく。

下で滝行ができるような、日本で思い浮かべる滝のイメージが一瞬にしてなくなる。

滝壺(たきつぼ)に飲み込まれれば二度と上がってはこられないだろう。

観光地だから、滝の周りには他にもちらほらと人がいる。その全員が息を呑(の)んでいた。

雫は川縁(かわべり)を歩いて滝へと近づく。

ここにもアイスランドならではの自然との付き合い方が表れていて、安全のための柵が存在していない。足場だって未舗装だ。

だから自己責任で、気をつけて進まなければならない。

あくまで自然のままの世界に、雫(しずく)は溶け込んでいく。

とんでもない水量が落ち続けているのに、水は延々と途切れるところを知らない。

それもそのはずで、滝となる川の源は、長い年月をかけて幾重にも積み重なった巨大な氷河なのだ。

吹き上がる水しぶきが全身にかかる位置まで近づいて、雫はレインコートを羽織る。

壮大という言葉すら陳腐に聞こえる。

時に恐ろしくなるほどの迫力なのに、確かに美しい。

この場所にも黄金にまつわる伝説があった。

かつて巨人が、滝の裏手の洞窟に財宝を隠したという。

そんな物語を創り、そして信じたくなる気持ちが訪れてみてよくわかった。

ここはただの滝じゃない。

きっと誰しもが特別なものを感じずにはいられない。

なにかが生まれゆく場所だった。

そしてアイスランドには、黄金や神にまつわる伝説を持つ滝ですら、いくつも存在する。


雫は旅を続ける。

色んな人の力を借りながら、あまたの表情を持つアイスランドを巡り、宝物を探し求める。

氷河が作り出した氷の洞窟を抜けた。

黒い溶岩石を分厚い緑の苔が覆う、そんな大地を歩いた。

月面のような、荒涼とした石の砂漠を越えた。

夜にはエメラルドグリーンに輝くオーロラを見た。

緑色の草で覆われた傾斜が周りを取り囲む、雪解け水が山の上に作った天空の池に出会った。

凍えるほどに冷たい、氷河から溶け出した川を素足で徒渉した。

海鳥の鳴き声が響く中で、断崖絶壁が続く海岸線に立った。

新しく地球の大地が誕生する地面の裂け目、プレートとプレートの境目を目撃した。

特にこの世のものと思えなかったのは、地表から蒸気が噴き出し、硫黄の臭いが漂う地熱地帯だ。

至るところに白い蒸気の噴出する穴がある。ぶくぶくと泥のお湯が湧き出る沼がある。

地熱活動によって地面は独特の白色や黄土色に色づいている。

大地が沸き立ち、白い湯気を出している。

それは地球が誕生して間もない頃の光景に似ているのかもしれない。

温泉がそこかしこに生まれている。地下深くでドロドロとうごめくマグマが、この大地では近くに感じられた。

この地球はずっと昔から生きている。

そしてこれからも生き続ける。

雫はその世界から、間もなく取り残されるのだけれど。

雫は進み続けた。

どこまでも広がる荒野で、ただ一人ぽつりと取り残されても。

このまま自分が消えても、誰にも気づかれない場所に迷い込んでも。


今日の天気は猫の目のように変わり、雨が降ったりやんだりを繰り返している。

空の半分は雲がないのに、もう半分を埋める灰色の雲が太陽を遮っていた。

このまま明日まで姿を見せることなく太陽は沈むだろう。

また、雨が降り始めた。

ぽつりぽつりと、空から落ちる涙が、雫の頬を濡らす。

足下の水たまりに、頬を伝った水が落ちて小さな波紋を広げ、すぐに消えた。

(この地球から見れば……僕も一滴の雫だ)

大地に染み込んだ水は、きっと長い年月をかけて地下水から川になり、いずれは大海へと流れ出す。

そしてまたいつか空に昇って雨になり、世界を循環する。

(僕は……いったいどうなるんだろう)

土に還(かえ)るとはどういう感覚なのだろうか。

自分が地面に埋まる想像をしてみて、恐ろしくなった。

うつむいて地面とにらめっこするのをやめ、空を見上げた。

空は夕闇になりつつある。

ずっと太陽が見守ってくれればいいのに、また夜がやってくる。

闇に飲まれた光のない世界になってしまう。

最近、わけもなく夜が怖くなった。

どうしようもない不安に駆られるから、なるべく早く寝床に入っている。

だから夜の空を見上げたのはひさびさだったんだ。

ほの暗い空にキラリと光る星を見た。

あれはきっと、一番星だ。

不意に誰かの歌声が降ってきた。

その歌は、その歌声は、このアイスランドで何度も触れたあの曲で――。

雫は後ろを振り返る。

誰もいない。

……そうだ、そんなはずはない。近くに人はいないんだ。

歌声なんて、聴こえるわけがない。

もう二度と、あの天使のような歌声を聴くことはできない。

だったら、自分が歌おう。

「Twinkle, twinkle, little star, How I wonder what you are――」

そうだ。

たとえ太陽が消えても、そこに光はあるんだ。

ならば最後まで進もう。

微かな光が残っているかぎり、希望の火もまた消えない。

まだ、電話ボックスは見つからない。

ついに最後の候補である渓谷にたどり着いた。

夜明けと共に、雫は滝を目指す。

これで本当の本当に雫のアイスランドの旅は終わる。

あとはもう、日本に行くため飛び立つだけだ。

アイスランドの地を踏むことは二度とないだろう。

正直な話、だ。

幻の電話ボックスなんてものを見つけるのは難しいと思っていた。

あくまでそれはおとぎ話なんだ。

仮に百歩譲って、電話ボックスは存在するとしよう。

そうだとしても、どうやって宝物を教えてくれるんだ?

ボックスの中に入れば、天啓のように宝物を悟るんだろうか。いったいどんな現象だ。

だからこれは、ちゃんと探したけれど見つからなかったという、証明の旅なのだ。

そうすれば、約束を破ったことにもならない。

心残りはなくなる。

気持ちよくこの国を去るため、決着をつけよう。

雫は渓谷の入り口に、「FRIENDS」のロゴマークのキックスケーターを置いていく。

最後まで一緒につれて行きたかったが、苔(こけ)の生えた細い登山道をキックスケーターを持って歩くのは無理があった。

アイスランドの、秋の日の出は遅い。

やっと薄明が始まりかけた空は、まだ夜の闇に近い。

苔むした岩場を登っていく。

地響きのような音が聞こえてくる。

旅の最後にふさわしい大きな滝は、もうすぐそこに迫っている。

深い霧が立ちこめていた。吸い込む空気が湿っぽい。

濡れた地面に足を取られないよう、慎重に歩いていく。

岩場をさらに進んでいくと、今度は洞窟が待っていた。

ゴツゴツと歩きにくい岩の上をちょっと上ったり、また下りたりしながら前進する。

まるでこの道は人生のようだと思った。

時には大きな岩山にぶつかり、迂回するか上るかを選択する。他より低い谷底を歩かなければならない時もある。小さな石に蹴躓きそうになる時だってある。

そうして大きくぽっかりと口を開けた洞窟の出口を目指していく。

立ちこめる霧が光を纏っていた。

朝が近づいているのだろう。

旅が、すべてが、終わろうとしている。

結局、自分が手にすべき宝物などは、どこにもなかった。

洞窟を出る。

目を細めながら、光の中へ飛び込んでいく。

滝の轟音（ごうおん）に全身が包まれた。

微（かす）かに野鳥の甲高い鳴き声が聞こえる。

飛んでくる水飛沫（みずしぶき）が全身を濡らす。

明るさに慣れてきた目をしっかりと見開いた。

黄金の世界だった。

だだっ広い空間に立ちこめる霧が黄金色に輝いている。

その霧の向こうに、それはあった。

（ああ……これが――）

勢いよく流れ落ちる水に作り出された、一面の壁。

巨大な黄金の、瀑布（ばくふ）。

輝いているのは太陽に照らされているからだとわかっている。

でもまるで水が自ら光を放ち、煌（きら）めいているみたいだ。

瀑布が世界を、黄金に染め上げている。

周囲を取り囲む緑の壁がキラキラと光る。それは遥（はる）か頭上まで続く苔で覆われた崖だった。

首が痛くなるほど見上げて、やっと頂点が視界に映る。まるで谷底にいるようなのに、本当の谷底はもっと下にあり、見下ろしても終わりが見えない。

でかい、と感じた。

なにもかもが大きい。

その時すとん、と腑に落ちた。

なにを以て判断するのかと、ずっと半信半疑だった。

でも出会えばわかった。

これがきっと——黄金の滝だ。

込み上げてくるものがあった。

胸がいっぱいになった。

なにかがこぼれ落ちないように、空を見上げる。

黄色いオーロラが波打っていた。

見間違いかと目を疑う。こんな時間帯に見えることはないのだ。

でも確かに天空から下りるカーテンがゆらゆらと揺れている。

空が破れたみたいに光が噴出して激しく渦巻く。

太陽の光と混ざり合って、目の前のすべてが黄金に染まる。

滝から噴き上がる水飛沫に、虹が架かった。

ポケットの中を探り、くしゃくしゃになった紙を取り出す。

雫（しずく）が幼少期に描いた黄金の滝の絵と、目の前の光景は瓜二（うりふた）つだった。

この光景を表す言葉は、世界中のどこにも存在しない。

今ここにある感動は、見た者だけが感じられる特別なものだ。

気づくと、涙が頰（ほお）を伝っていた。

なんの涙なのか、わからない。

ただ、すべてがここで終わっても構わないと思えるくらいに、心が震えていた。

もし天国があるならきっとこんな場所に違いない。

一歩、また一歩。

苔（こけ）の生えた、湿った岩の大地を踏みしめて、雫は奥へ進んでいく。

――ベルの音が鳴った。

まさか。

だって、それは、いくらなんでもありえない。

きっと幻聴だ。夢見心地な気分から生まれた、空想の産物だ。

ベルの音が響き続けている。

聞き間違いじゃなければ、電話の呼び出しベルの響きに似ている。

音のする方を振り向いた。

なぜ、気づかなかったのか。

まるで忽然と現れたみたいに、こんな場所に不釣り合いな赤い人工物が立っていた。

雫は走り出す。

まだ鳴り止まないでくれ。

終わらないでくれ。

夢ならあと少しだけでいいから覚めないでくれ。

願いながら、走った。

大の大人がすっぽり入れる、赤い長方形の箱の前に立つ。

格子ガラスの扉。

小鳥の彫像が本体上部に刻まれた、赤い電話ボックスだ。

ベルはその箱の中から鳴り続けている。

雫は扉を開いて、中に入る。

ボックス内の電話が誰かを、雫を、呼び出している。

受話器を持ち上げ、耳に当てる。

「……もしもし？」

無意識に日本語が出ていた。通じるはずがないのに――。

『一人で立ち向かおうとするからビビるんだ。お前の十五歳最後の雄姿を見せつけろ！』

聞こえてきたのは、紛れもなく日本語を話す少年の声だ。

『ここでしっかり見届けてやる。信じて進めば、ほしいものは手に入れられるはずなんだ！』

一方的な言葉が降り注ぎ、そして通話が切れた。

信じられなかった。

今度こそありえないと思った。

滝のふもとの、幻の電話ボックスに入って、滝が黄金に輝く瞬間に立ち会えたら、電話が宝物を教えてくれる――。

自分の宝物は。

ここに導いてくれたものは。

間もなく十五歳になる自分が、最期にほしいものは。

すべてが、わかった気がした。


日本に向けて旅立つ日がやってきた。

おじいちゃんは空港まで見送りに来てくれた。

「雫……本当に……なんと言ったらいいか……」

家で開いたお別れ会でも散々泣いていたのに、またおじいちゃんが涙ぐむ。大勢の人がいるんだから今は我慢してほしい。

「もう泣かないでよ。日本に行っても、また電話するから」

面と向かっておじいちゃんと会えるのは、これが最後になるだろう。

それはすごくさみしい。

さみしいけど、さみしくなかった。

悲しく最後の時を過ごすために日本に行くのではない。

アイスランドで宝物がなにかを知った。

だから今度は、宝物を見つけに行くのだ。

これは、希望への旅立ちだから。

「いってきます」

にっこりと、雫は心からの笑みを浮かべた。

※※※

エリに向けて語る物語も、終わりを迎える。

病室から見える窓の外はすっかり暗くなっていた。

長々と話し続けたせいで喉がちくちくする。ずっと座りっぱなしだったので腰も痛い。

疲れたらやめるつもりが、エリが熱心に聞いてくれたので、乗せられて雫も話しきってしまった。

「ねえ、どうだった？」

雫はエリに問いかける。

「どうって言われても、色々ありすぎて……」

「そうだよね」雫は苦笑する。

人生の一部始終を語られて、感想を求められても困るだろう。

教訓めいた話をしたいわけじゃない。

エリがなにを感じ取り、どう思ってくれたっていいんだ。

ただどんな些細なことでもいいから、なにかのきっかけになれば嬉しい。

「僕はロウマやトトと出会って、宝物を見つけられた。でもそれが見つかるって初めから信じていたわけでもないんだ」

前向きにただ信じ続けて、だからこの場所にたどり着けたわけでもない。

たくさん迷って、たくさん悩んで、色んな巡り合わせの結果、ここにいる。

「絶対に宝物が見つかるって保証もできないし、強制もできない。ただ、エリも外の世界に飛び出してほしいなとは思ってる。せっかく、チャンスはあるんだから」

「ドロップは逃げずに希望を追い続けたから……ハッピーエンドにたどり着けたんだね」

エリの口元が緩む。表情が明るくなった気がする。

他人からハッピーエンドと言われたのは、素直に嬉しかった。

「でもさ……あまりに奇跡の物語すぎるよ」

また彼女は暗い顔に戻ってしまう。

「病気でもうなにもかも諦めてもおかしくないのに……、そんなことできちゃうドロップが……すごい。真似……できないよ」

壁を感じられてしまって、受け入れてもらえない。

「ここは……アイスランドじゃない。幻の電話ボックスもない。わたしは、飛行機に乗ることだって、怖くてできないの。こんなわたしにできることなんて……ないよ」

四

朝起きて、雫はまず廊下に出る。

手すりに掴まりながら、トイレを目指して、歩いていく。

（一、二、三）

今日は、――目的地にたどり着けなかった。


貧血に似た症状が出たらしい。

倒れて動けなくなった雫を、すぐに看護師さんが見つけてくれた。病室に連れ戻され、大事には至らなかった。

しかしおかげで絶対安静を言い渡されてしまった。

当面院内すらも勝手に出歩くことは禁止だ。

（これはかなり……ヒマになるな）

雫にできるのは、ベッドの上から窓の外を眺めることくらいになってしまった。

今日の空は、青と白い雲がマーブル模様に混じり合っていた。

ガシャンと大きな音を立ててスライド扉が開く。

なにごとかと思った。

「ドロップ大丈夫!?　倒れたって聞いたけど!?」

エリが部屋に飛び込んでくる。

顔を真っ青にしていて、叫ぶ張本人の方が倒れそうに見えた。

「心配させちゃった？　全然大丈夫だよ」

雫は笑って見せる。

「全然大丈夫じゃないから倒れるんでしょ!?　なに言ってるの!?」

おっしゃるとおりだった。

そのあとガミガミと、下手をすると看護師さんよりも口うるさくお説教されてしまった。

話し疲れて肩で息をするエリに、雫はペットボトルの水を渡した。

水を一口飲むと、彼女も少し落ち着いたみたいだ。

「……昨日、いっぱい話したせい？」

エリの目は潤んでいた。

「それはあんまり関係ないと思うよ」

関係ないのも、問題なのかもしれないが。

「わたしなんかのために……寿命を縮めないでよ」

「気をつけるね」

今にも泣き出しそうなので、雫もなるべく殊勝に答えておく。

「ロウマさんたちにも連絡を……いや、それは不吉っていうか、よくないか……。ドロップはまだまだ元気だもんね」

　無責任なことは言えないので、雫は肩をすくめる。

「ねえ、ロウマさんやトトさんとは、今度いつ会うの？　決まってる約束はある？」

訝(いぶか)しげな様子でエリが聞いてくる。

「あのー、そもそもさ」

誤魔化(ごまか)すのも難しいなと観念し、正直に教える。

「あんまり詳しいこと伝えてないんだ。どこの病院だとかも」

「……え？」

「だから入院してからも一度も会ってないし」

「……ちょっと、待って。え？」

　なぜだろう、エリが今にも爆発しそうな予感が……。

「今後会う予定も、特には」

「はぁ⁉　なにそれ⁉　それでいいと思ってるの⁉　友だちなんでしょ！　それなのに、なにも言ってないなんて信じられない……！　その程度の関係だったの⁉」

　エリの声はなにかが破裂したみたいに大きかった。

　思わず両手で耳を塞いだほどだ。

「も、もちろん……一生の友だちだよ」

「だったらなおのこと連絡しなよ、会いなよ」

言いたいことはわかる。でも。

「なんかこれがいいかなって、思うんだよ」

取り繕ったりせずに、雫は素直な気持ちをさらけ出す。

「意味わかんないんだけど……⁉　ちゃんと全部、教えてあげなよ！」

エリはすごく怒っていた。

怒りの度合いはこれまでで一番かもしれない。

それでも、雫の気持ちは変わらなかった。

「もし全部教えることが本当に必要だと思うなら、エリが代わりに伝えてきてよ」

「またその……自分はもう最後だからみたいな言い方して……！」

そんなつもりはないのだが、そう聞こえるのなら仕方がない。

「ごめん、でも」

雫は自分の中にある想いの塊を、できるかぎり正確に言葉にしてみる。

「僕は最後の冒険を二人に見届けてもらった。でもまだ、ロウマやトトの冒険は終わっていない。きっと今から、また新しい章が始まっていくから」

二人はここから、さらに大きく羽ばたいていく。

「できれば自分も、ほんの少しだけでいいからその人生の旅に連れていってほしいんだ。

……勝手な願いだけどさ。だから元気なままの、僕の勇姿の記憶を焼きつけたままでいてもらいたいんだ」

そう、まだ終わりじゃなくて、続けたいんだ。

「それにさ、実は秘密基地に……宝の地図を置いてきたんだ」

まだ誰にも言っていない秘密だった。

「僕の伝えたいことはそこに全部込めたから、いいんだ」

「その地図に手紙くらいは添えてあるの？」

「いいや、特には」

雫が答えると、エリはしかめっ面になる。

「……地図は、見ればどこに行けばわかるように、わかりやすくなってるんだよね？」

「見ればわかるよ、二人なら」

自信満々に言ってから、雫は付け足して言う。

「ただ……ちょっと仕掛けをしちゃったから、いつ見つけてもらえるかわからないけど……」

もし地図を見つけてもらえなかったらどうしよう。

「……なんでそんな回りくどいことするの？」

「うーん、やっぱりさ、宝物は自分で見つけてほしいんだ」

もしかすると、宝の地図は今の二人にはまだ不要なものかもしれない。

だったらいつか必要になるその時まで、取っておいてほしい。

そして宝の地図の出番があれば、ロウマとトトには、その冒険の先でそれぞれにとっての宝物を発見してほしい。

きっとそれは、自分よりも長い時間をかけて叶えていくものだと思う。

「どこまで二人の役に立つかはわからないけどさ」

常日頃から自分のことを思い出してほしいなんて望みはない。

みんなはこれから長い人生を生きていく。

もっとたくさんの人との出会いを経験する。

でももし、願うことだけは許されるならば。

いつか二人が、人生の宝物を見つける物語を振り返る時。

そのきっかけの一つとして、雫との冒険を思い出してくれれば、この上なく幸せなことだ。

「もしほんの少しでも、二人の人生のハッピーエンドに関われたなら、僕の人生はもーっとハッピーエンドになるからさ」

宝物を見つけられた今ですら幸せなのに、もっともっとハッピーになれる。

そんな未来を想像するだけで、胸がぽかぽかと温かくなる。

「ねえ、どうして？」

エリから表情が消えていた。

声が震えている。

それは心からの疑問に感じられた。

「どうして死ぬのに……、そんな風に明るく未来を見続けられるの？」

たぶん初めて、直接「死」に言及された。

普段のエリなら絶対口にしないのに、それだけ切羽詰まっているんだ。

でもそうやって訊いてくれたおかげで、自分の中に「死」という言葉が落ちていった。

その先の暗闇の中で――光が生まれる。

「僕が、生きているからだよ」

言葉にして初めて、自分でもそうなんだと気づいた。

「僕にはもう時間がない。でもまだ、生きている」

死に向かっている意識はない。

だからなにかを片付けたり、後始末をしようとしたりする気にならない。

だって生きているのだ。

朝起きて、ご飯を食べて、誰かと話して、寝て、また起きる。

それのどこに、他の人と違うところがあるのだろうか。

みんなと同じように、今自分は生きている。

「もうすぐ死ぬ人は、それにふさわしい行動をしなきゃいけないの？　病気の人は、病気の人らしい生き方をしなきゃいけないの？　そうじゃないよね。だってその人の人生を決めるのは、病気なんかじゃない」

窓から差し込む光の輝度が上がる。

雲が晴れたのかもしれない。

「僕は今生きているから、こうしてやりたいことをやっているんだ。今は、エリと話すことだね」

太陽の光に照らされて、エリの顔が輝く。

「過去を振り返っていたい人は、そうすればいいと思う。でも僕は違うから、今より先の未来に目を向けているんだ」

どっちが上とか下とか、そんな話じゃない。

本当はどっちでもいいんだ。

生きたいように、生きられているならば、なんだっていい。

「僕の人生のピリオドは、まだ全然ここじゃないんだ。だってロウマやトトが、僕を覚えてくれている人が、まだこれからも人生を作っていくんだ。きっとエリもそうでしょ？」

「もしわたしが……」

エリのささやく声に、耳を傾ける。

「わたしが……わたしの宝物を見つけられたら、ドロップも……嬉しい？」

「そうだよ！　僕はまだずっと、もっともっとハッピーになるんだ！」

だから、人生は終わらない。

「……わたしにも、見つけられるのかな……」

エリは躊躇って、なにかを言いかけてまた口ごもって、何度も口をパクパクさせてから、やっと言葉を紡ぐ。

「……宝物が」

どういう風にエリの心情が変化したかはわからない。

今ちょっと前を向けただけかもしれない。また諦めたくなって、足踏みしたくなることもあると思う。そうなったって構わない。

今雫にできることは、全力で自分の思うことを伝えるだけだ。

「見つけられるよ！　誰だって、いつだって、宝物をほしいって思えば！」

それは自分が人生で発見した、真実だ。

そして。

「もし宝物がなにかわからなくて困ったら――アイスランドに行けばいいよ」

炎と氷の国は、いつだってそこにある。

そうだね、とエリは微笑んだ。

晴れやかで黄金のように美しい笑みだ。

細められた目から、一滴の雫がこぼれ落ちた。

雫の心の奥でゆっくりと波紋が広がった。

その波紋は雫から離れてどんどん先へと進んでいく。

ずっと遠くへ、水平線の先へ。

自分の起こした波紋は、必ず別の誰かにつながっていく。

自分のハッピーエンドは、また別の誰かのハッピーエンドに連なっていく。

その波紋の連続の中で、自分は生き続ける。

みんなの中で、生きていく。

※※※

「エリちゃんがリハビリを始めたの」

数日後、夕食を持ってきた看護師さんからそんな話を聞かされた。

「へえ、よかった」

最近味の薄い食事に飽き気味だったけれど、久しぶりに楽しくご飯が食べられそうだ。

しかも今までにない張り切り具合という話だ。

「なにか雫君が言ってあげたの？　あんまりにも急に頑張るから……」

看護師さんがびっくりするくらいなんだ、と雫は苦笑する。

もちろん答えは決まっている。

「僕は特になにもしていないよ」

なにかを決断し、やり始めたのはエリだ。

ただ……それなのに未だ本人から雫への報告がないとはどういうことだろう。

まあ「元気になって退院が決まったら言おう」なんて思っていそうだ。彼女はそういう子だ。

最後に出会った友だちの心に、なにかの波紋を起こせていたのなら、とても嬉しい。

食事を始めてすぐ、激しい咳が出た。

喉から血が流れ出したかのようにかっと熱くなる。

短い咳なのに肩で息をしてしまう。肋骨までずきずきと痛んだ。

ゆっくりと深呼吸をして、息を整える。

いつか、エリがロウマやトトと会うことはあるのだろうか。

なんだかんだといいわけをつけて、エリが会いに行くとしても随分あとになりそうだ。

その頃には、ロウマとトトはどんな成長を遂げているだろうか。

宝物は見つかっているだろうか。

大人になっているのだろうか。

雫の予想だと、二人はきっと大物になる。

今からどんな人生になるのか、すごく楽しみだ。

(今日は気分がいいから)

心の中でいいわけをして、こっそり部屋に隠しておいたコーラを取り出す。

アイスランドはコーラの消費量が世界一だというのに、入院中はほとんどコーラを飲めなかった。

だから日本に来たら、好きなだけ飲むと決めていたのだ。

今も本当は病院食以外は厳禁だと言われているけれど、この一本を最後にするので許してもらおう。

ペットボトルのフタを捻る。ぷしゅっと音を立ててガスが抜けた。

そのまま口をつけようとして、ふと思い立ってペットボトルを掲げる。

今はここにいない親友二人と乾杯をする。

もうそろそろ、二人が宝の地図を見つける頃だろうか。

あとがき

今回、映画『グッバイ、ドン・グリーズ！』のスピンオフ小説を書かせていただきました。庵田定夏です。

本書では映画の前日譚、後日譚を描いておりますので、ぜひ映画本編とともにお楽しみください。

さて、この度はご縁があってスピンオフを書かせてもらうことになりました。そもそものきっかけはと言えば、私が単純にいしづかあつこ監督・ＭＡＤＨＯＵＳＥ制作の『宇宙よりも遠い場所』のファンだったことでした。

感情を揺さぶられまくった私は、担当編集者さんに「いつか『よりもい』みたいな作品をやってみたいんですよね～」となんの気なしに話しておりました。

そんな中、いしづかあつこ監督・ＭＡＤＨＯＵＳＥチーム再集結によるオリジナルアニメ制作がスタート。私が『よりもい』ファンであることを覚えてくれていた担当編集者さんの見事な取りなしもあり、スピンオフ小説を書かせていただけることになりました。

まさか、思ってもみない展開でした。

なんでも言ってみるものです。好きなものは好きって言おう。

しかしなにぶん、完成した映画のスピンオフを書くのは私にとって初めての試みでした。

うまく物語を紡げるだろうか……なんて不安も一方では抱きながら、映像を観させていただきました。

結論、まったくの杞憂でした。

映画を鑑賞し終わった瞬間から、ぶわーっと一気に四本のストーリーが生まれ、こうして一冊の本にまとめあげることができました。

作品に触れ、その作品に直接書かれていないストーリーが頭の中で広がる体験は、多くの方にも覚えがあるかと思います。そんな普通は自分の頭の中だけでとどまるはずのストーリーを、こうして実際に形にしてお送りできるのは、なんとも贅沢なことだなと思いました。

あらためましていしづか監督をはじめとした映画スタッフの皆様方。この度は素晴らしい機会をいただき、ありがとうございました。

映画をすでにご覧になった読者の方にとっても、もしかするとこれから映画をご覧いただく読者の方にとっても、本作が、ドン・グリーズの世界をより楽しむための一冊になっていれば幸いです。

二〇二二年　一月　庵田定夏

「ファンレター、作品のご感想をお待ちしています」

あて先

〒102-0071 東京都千代田区富士見2-13-12
株式会社KADOKAWA MF文庫J編集部気付
「庵田定夏先生」係 「青十紅先生」係

読者アンケートにご協力ください!

アンケートにご回答いただいた方から毎月抽選で
10名様に「オリジナルQUOカード1000円分」をプレゼント!!
さらにご回答者全員に、QUOカードに使用している画像の無料壁紙をプレゼントいたします!

■ 二次元コードまたはURLよりアクセスし、本書専用のパスワードを入力してご回答ください。

http://kdq.jp/mfj/ パスワード ani57

- ●当選者の発表は商品の発送をもって代えさせていただきます。
- ●アンケートプレゼントにご応募いただける期間は、対象商品の初版発行日より12ヶ月間です。
- ●アンケートプレゼントは、都合により予告なく中止または内容が変更されることがあります。
- ●サイトにアクセスする際や、登録・メール送信時にかかる通信費はお客様のご負担になります。
- ●一部対応していない機種があります。
- ●中学生以下の方は、保護者の方の了承を得てから回答してください。

MF文庫J

グッバイ、ドン・グリーズ! オフショット

2022年 2月 25日 初版発行

著者 庵田定夏

原作 Goodbye,DonGlees Project

発行者 青柳昌行

発行 株式会社 KADOKAWA
〒102-8177 東京都千代田区富士見2-13-3
0570-002-301(ナビダイヤル)

印刷 株式会社広済堂ネクスト

製本 株式会社広済堂ネクスト

Printed in Japan ISBN 978-4-04-681285-8 C0193

◇◇◇

INFORMATION

また殺されてしまったのですね、探偵様

好評発売中

著者：てにをは　イラスト：りいちゅ

その探偵は、殺されてから推理を始める。

INFORMATION

ようこそ実力至上主義の教室へ

好 評 発 売 中

著者：衣笠彰梧　イラスト：トモセシュンサク

――本当の実力、平等とは何なのか。

INFORMATION

なぜ僕の世界を誰も覚えていないのか？

好評発売中

著者：細音啓　イラスト：neco

『世界の終わりの世界録』の細音啓が贈る、王道ファンタジーの超大作！